Les sursauts de l'amour.

AF131540

MIXTE

Papier issu de sources responsables
Paper from responsible sources

FSC
www.fsc.org

FSC® C105338

Les sursauts de l''amour.

Martine Marck

© 2023 Martine MARCK
Édition : BoD – Books on Demand, info@bod.fr
Impression : BoD – Books on Demand, In de
Tarpen 42, Norderstedt (Allemagne)
Impression à la demande
ISBN : 978-2-3224-7169-0
Dépôt légal : Avril 2023

Tant plus le chemin est long dans l'amour, tant plus un esprit délicat sent de plaisir.

B.Pascal. *Discours sur les passions de l'amour.*

Nancy, juillet 1968

Pascale chérie,

Tout d'abord, je dois te féliciter pour ton bac. Ça n'a pas été facile, je suppose. Toi qui es timide, qui perds souvent tes moyens de te retrouver face à l'examinateur dans toutes les matières, tu as dû vivre un enfer. Tu disais toujours que tu n'étais à l'aise qu'un stylo à la main devant une page blanche. Mais tu as réussi, je n'en ai jamais douté et je sais combien tu as passé de temps à bachoter. Tu dois être fière d'avoir vaincu ton malaise.

Je n'ai pas pu rentrer le week-end dernier, j'avais encore un examen à passer et c'était sur un sujet que je ne maîtrisais pas très bien. Je me connais, si j'étais revenu à la maison, je n'aurais pas pu m'empêcher de passer tout mon temps avec toi. Tu avais besoin de calme, toi aussi, pour te préparer à la grande épreuve de mardi. Je pensais sans cesse à toi. Inutile de te parler de ma colère quand l'exam a été annulé à la dernière minute. On espérait que le mouvement touchait à sa fin, mais il y avait encore de l'agitation, les professeurs ont préféré reporter. Je suis donc resté ici pour rien et je vais encore devoir attendre qu'ils fixent une autre date. J'enrage, tout seul dans ma chambre. Hier soir, pour me distraire, Étienne m'a proposé d'aller au cinéma voir La planète des singes. Je ne saurais te dire si j'ai aimé ou pas cet étrange film. Je crois que je n'ai pas tout compris. Ce n'est pas la faute du réalisateur, j'ai beaucoup perdu le fil. Je m'imaginais avec toi dans cette salle obscure. Je sentais presque ta main dans la mienne, je percevais presque la chaleur de ton corps collé au mien. Je ne bougeais pas de peur que cette fausse béatitude ne me quitte. J'ai toujours pensé qu'une salle de cinéma était l'endroit idéal pour les couples d'amoureux. On peut se toucher, s'embrasser avec cette délicieuse sensation de ne pas savoir si on nous voit ou non. Ne me prends surtout pas pour un détraqué. J'aime bien l'idée que quelqu'un pourrait me surprendre dans mon bonheur d'être près de toi.

Je voudrais tant être avec toi. Je suppose que tu vas organiser une petite fête pour arroser ton succès et je ne serai pas à tes côtés. Ce n'est que partie remise, mais je trouve le temps bien long. En attendant, reste sage, tu sais que je suis jaloux. Je ne veux te partager sous aucun prétexte. Tu as le droit de regarder les autres garçons, de les trouver beaux, même plus beaux que moi, mais tu n'as pas le droit d'y toucher. Je ne pourrais pas le supporter. Rien qu'à cette idée, il y a un trou qui se creuse dans ma poitrine et qui m'empêche de respirer. Ça peut être très douloureux, l'amour. Mais j'ai confiance en toi. Tu es la femme de ma vie et il est impossible que je me sois trompé.

Quand je reviendrai, nous reparlerons des vacances. Si nous pouvions partir tous les deux quelque part. Crois-tu que tes parents accepteraient ? Ils doivent bien se douter que quand nous sommes seuls en tête à tête, ce n'est pas pour enfiler des perles. Tiens, rien qu'en parlant de ça, je deviens fou. Arrête un instant ta lecture, je vais m'arrêter d'écrire et nous allons penser tous les deux à ce que nous ferions si nous étions dans la même chambre. Tu ris parce que quand tu liras ma lettre, il y aura déjà un bon moment que je te l'aurai écrite, nous ne pourrions donc pas être en concordance pour imaginer… Ça ne fait rien, imagine quand même que le temps est le même pour toi et moi. Tu me vois en train d'écrire et je te vois en train de lire ces mots. Nous nous arrêtons et…

Je te laisse à ta rêverie. Je t'embrasse aussi intensément que je t'aime.

Alain

Épinal, juillet 1968

Mon Alain,

Tu peux bien me féliciter, mais je ne suis pas aussi brillante que toi qui as un an d'avance. Enfin, j'ai fait ce que j'ai pu et je suis contente. Pour la philo j'ai cru mourir, j'aime bien la philo, mais le prof en avait assez de Platon - la quasi-totalité de nos textes était de Platon - il m'a imposé Parménide. Je n'aurais jamais imaginé pouvoir m'en sortir. En français, Gide, je n'aurais pu espérer mieux. Pour les maths, exponentielles et catastrophe, mais l'examinatrice a été très sympa. Heureuse que tout ça soit derrière moi. Quand je suis rentrée, j'étais vidée, en voyant ma tête, mes parents ont cru que j'avais échoué. Ils ont été doublement contents.

Oui, nous avons fait la fête. Le père de Brigitte nous avait prêté son garage. Nos mères avaient fait des gâteaux. Pierre a apporté du champagne. Son père était tellement heureux qu'il décroche son bac, personne n'y croyait, qu'il lui en avait acheté deux bouteilles. Pour dix, ce n'était pas beaucoup, mais ça marquait le coup. On a dansé et on a fait durer la soirée jusqu'à une heure du matin.

Je sais, tu vas me demander si je suis restée sage comme tu me l'as recommandé. Eh bien, oui, j'ai juste dansé, rien de plus. Je n'ai pas grand mérite. J'aime bien les garçons de ma classe qui sont tous gentils et marrants, mais aucun ne fait battre mon cœur. Oui, même Pierre, l'idole du lycée me laisse froide. Il n'y a que toi, tu peux me croire.

Pour les vacances, je préfère attendre que tu reviennes pour qu'on en parle ensemble aux parents. Je ne suis guère optimiste. Pourtant, j'en rêverais aussi. On irait camper quelque part au bord de la mer et on ne se quitterait pas. Enfin, on peut toujours tenter.

J'en ai fini avec le lycée. Je vais devoir me décider pour la rentrée. Je n'ai pas encore fixé mon choix, Anglais ou Lettres modernes. J'ai encore le temps. Nous allons être dans la même ville, je n'arrive pas à y croire ! Tu te rends compte ? On ne sera pas dans la même fac, mais on pourra se voir tous les soirs. Ce sera fantastique !

J'ai fait comme tu m'as dit, j'ai posé ta lettre, je t'ai imaginé poser ton stylo et j'ai pensé à tout ce que tu rêvais de me faire. Je te réponds la même chose : je pose mon stylo, tu es là, près de moi et…

J'attends ton retour avec impatience. Je me blottis dans tes bras et je t'embrasse tant que tu ne peux même plus respirer.

Ta Pascale.

Concarneau, juillet 1968

Ma chérie,

C'était trop beau, je me doutais que tes parents ne te laisseraient pas partir seule avec moi. Nous voilà donc séparés pour un mois. Toi au bord de la Méditerranée et moi en Bretagne avec les copains. Nous avons eu à peine trois jours pour nous retrouver. Tes parents étaient bien pressés de partir. C'était magique, ces retrouvailles. Pour ma part, j'ai évité de penser à notre prochaine séparation, mais c'était difficile. Pourquoi devons-nous toujours nous voir à la sauvette, trouver si peu d'opportunités pour des moments d'intimités propices à exaucer tous nos désirs ? Je voudrais toujours être avec toi. Passer des nuits entières et me réveiller près de toi au lieu de garder l'œil sur la pendule parce que tu dois rentrer à l'heure. Je n'en ai jamais assez de toi. Il ne nous reste plus que ça, alors apprenons à nous en contenter et mettons-y tout notre cœur.

Nous venons juste d'arriver dans la maison des parents de Philippe à Concarneau. C'est plutôt chouette. Ils nous laissent les lieux pour un mois. Ils ne viendront qu'au quinze août. Nous sommes au bord de la mer encore un peu froide par ce temps gris typique de la Bretagne, paraît-il. Ça ne devrait pas faire peur aux gens de l'Est que nous sommes. Je sens que ce séjour breton va être long. Je me vois déjà errer sur les rochers dans la brume traînant mon âme lourde et mon corps vide ou l'inverse et hésitant à plonger dans l'oubli. Une sorte de Lamartine lorrain pleurant son âme sœur. Mon chagrin se mêlant au crachin pour me glacer le cœur et les pieds. Bon, n'est pas romantique qui veut. J'irai plutôt à la pêche aux crabes, mais je serai triste quand même.

Les copains sont déjà en train de me chambrer parce que je t'écris aussitôt arrivé. C'est la première chose que j'ai eu envie de faire après avoir posé mes bagages. Je dois t'avouer que je n'ai guère le moral. Un mois sans te voir. Un mois à t'imaginer écumant les boîtes de la Côte avec Brigitte puisque tes parents, pour te consoler, t'ont proposé de l'emmener avec vous. Je te vois dans ton maillot deux pièces qui n'a plus grand-chose à laisser imaginer de toi, bronzée juste à point et tous les mecs qui te courent après tandis que je me gèle et me morfonds chez les chapeaux ronds. C'est insupportable. Je voudrais qu'on soit déjà en septembre pour reprendre la fac et nous retrouver à Nancy.

Les copains m'appellent pour aller manger des crêpes, on n'a pas eu le temps de s'organiser pour la bouffe. Je n'ai pas très faim, du moins pas de crêpes, (tu vois ce que je veux dire), mais l'animal en moi refait quand même surface et réclame son dû de calories. Il se fout du cœur et de l'âme.

Je te couvre de baisers. Écris-moi, je meurs.

Alain.

Martigues, juillet 1968.

Mon jaloux,

D'abord je porte un maillot de bain d'une seule pièce et je ne vois guère de garçons mourant d'amour à mes pieds. Nous n'écumons pas les boîtes de nuit. Nous allons sagement à la plage, Brigitte et moi. Nous nous sommes fait quelques copains, mais je leur ai vite fait comprendre que je ne suis pas un cœur à prendre et encore moins un corps. Ils ont compris et m'appellent la forteresse, mais plus aucun n'essaie de l'investir. Tu peux dormir sur tes deux oreilles, je n'aime que toi et je trouve le temps bien long sans toi. Je lis beaucoup. Ce qui me plaît beaucoup ici, ce sont les marchés. Pas pour les fruits et légumes, tu t'en doutes bien, mais pour les étals de robes légères et colorées, les vendeurs de sandales toutes plus jolies les unes que les autres. Je pense toujours que tu serais subjugué si tu me voyais essayer toutes ces tenues. Je me suis trouvé une robe vert pâle qui va très bien avec mes cheveux auburn (dixit Brigitte) et de jolies sandales jaunes tressées. En me voyant, tu fondrais. Je peux enfin me trouver jolie en me regardant dans la glace, et me sentir digne de toi.

Je commence à bronzer. Je profite au maximum de l'état de grâce post-bac, mes parents sont très généreux. J'aime aussi les bars de plage avec les juke-boxes. On écoute en boucle Rain and tears, Le bal des Laze, Que calor la vida et surtout Nights in white satin. Il m'arrive souvent d'être triste en pensant à toi. Raconte-moi ce que tu fais. Tu me manques tellement !

Parfois quand je suis étendue sur le sable au soleil, je feins de dormir pour que la bande me laisse tranquille. Je me fais du cinéma, je m'imagine que tu vas arriver. Je ne t'entendrai pas, j'aurai les yeux fermés, mais je te devinerai. Je sentirai soudain ta main sur ma nuque puis elle descendra le long de mon dos. Je continuerai à jouer les belles endormies, je n'ouvrirai pas les yeux. Tu m'embrasseras au creux des reins, je resterai immobile pour mieux te sentir. Je peux rester comme ça, longtemps dans mes rêves. Mais ce n'est jamais qu'un rêve et je retiens mes larmes dans le sable. Plus le temps passe, plus les jours sont longs sans toi. Je pense à toi, je sais que tu penses à moi, mais ça ne me suffit pas. J'ai besoin de te voir, de te sentir et plus. On dit toujours, loin des yeux, loin du cœur, quelle ânerie ! Loin des yeux, cœur qui saigne et c'est tout. Je me dis parfois, pour me consoler que j'ai la chance de t'avoir rencontré, la chance de t'avoir dans ma vie même si c'est de loin et que tu éprouves les mêmes sentiments que moi. Je veux me raccrocher à cette idée pour supporter ton absence.

Je n'aime que toi et je t'aimerai toujours.

Ta Pascale à jamais.

Concarneau, juillet 1968.

Mon amour,

Je suis jaloux, c'est vrai, mais j'ai confiance en toi et je ne vois aucun inconvénient à ce que tu profites de tes vacances pour t'amuser. Avec tout ce que tu as bossé pour ton bac, tu en as bien besoin. Bien sûr, j'ai toujours peur qu'un autre t'enlève à moi, je ne t'aimerais pas, sinon. Je ne veux pas t'emprisonner, je veux que tu sois libre et que ce soit sans contrainte que tu me choisisses toujours, du moins je l'espère. Et puis, je me demande aussi ce que j'ai fait pour mériter une fille comme toi. Je sais, tu m'as assez répété que je me sous-estimais. Tu as raison, c'est en moi que je manque de confiance. Et dire que tu ne penses pas être digne de moi. Tu vaux cent fois plus que moi. Tu es belle, gentille et toujours de bonne humeur alors que moi, je passe mon temps à râler. Quelquefois, tu dois en avoir marre de moi.

Ici, c'est un peu la galère. Pas de bronzage au soleil, juste un petit crachin qui nous nargue sans arrêt. C'est dommage, car le pays est beau. Nous en profitons pour faire du sport. Nous courons tous les matins sur la plage. Il n'y a pas de filles au grand désespoir des copains qui préféreraient la chasse à la course. Moi, ça me fait rire. L'après-midi nous allons à la piscine. Il y a un peu plus de filles, mais je ne les regarde pas, ou si peu. Étienne et Daniel se sont enfin trouvé des copines, elles sont mignonnes et très sympas. Je me sens un peu seul. Inutile de te dire que j'en entends de toutes les couleurs. Ils ne peuvent pas comprendre que puisque tu es loin, aucune fille ne m'intéresse. Ils ne savent pas ce que c'est qu'aimer vraiment. Alors, je leur pardonne toutes leurs plaisanteries de mauvais goût.

Moi aussi je me réfugie dans les rêves où tu es toujours en vedette. Parfois, j'ai envie d'écrire un roman où je décrirais tous mes états d'âme, mais je ne suis pas un littéraire et je ne sais pas m'exprimer dans les nuances.

Je t'imagine très bien dans les petites robes colorées que tu achètes au marché. Je pense surtout aux boutons et aux fermetures éclair si tu vois ce que je veux dire. Je n'irai pas plus loin dans l'écriture de mes fantasmes, on ne sait jamais dans quelles mains mes lettres peuvent tomber. Je sais que tu peux les deviner.

Les copains m'appellent pour aller boire l'apéritif dans la ville close. Je vais encore me faire traiter de puceau romantique, car ils m'ont vu t'écrire, mais je m'en moque. Je te laisse à regret, mais mes pensées sont toujours près de toi.

Tu sens mes lèvres sur les tiennes ?

Alain

Martigues, juillet 1968

Mon Chéri,

Les vacances vont bientôt se terminer, j'ai trouvé le temps long. Pour finir, nous avons découvert une boîte sur la plage, c'est plutôt un dancing. Certains soirs, il y a un orchestre. Mon père nous y emmène et nous rentrons à pied. Je te vois bondir en imaginant que je me fais draguer tout le temps, que je flirte au clair de lune. Je te promets que ce n'est pas le cas. J'aime bien danser, mais ça ne va jamais plus loin. Je n'ai aucune envie de te remplacer. Tu es, pour moi, le seul garçon sur terre. Nous allons quelques fois nous promener à Marseille. J'aime bien cette ville. On a l'impression qu'on n'est plus en France. Et puis, avec toutes ces histoires qu'on a lues ou entendues, on se croirait dans un film. Nous avons pris le Ferry-Boat (feribouate, comme ils disent ici) pour traverser le Vieux-Port et monter dans le quartier du panier où il y a plein d'Asiatiques. Ah si tu étais là, avec moi ! J'aurais encore plus de plaisir de découvrir cette ville pas comme les autres. Je suis sûre que tu adorerais. Il fait chaud, très chaud, un temps à faire la sieste, ça aussi je suis certaine que tu adorerais.

Je te parle, je te raconte tout ça, c'est pour mieux reculer et retarder d'écrire ce que je vais t'annoncer. Une très mauvaise nouvelle ! Je viens juste de l'apprendre. Si nous sommes venus en vacances ici, c'est pour une bonne (ou mauvaise) raison. Le secret avait été bien gardé ; même mon frère n'en savait rien. Mon père est muté ici à partir de la rentrée. Mes parents voulaient trouver une maison dans le secteur. Tu imagines ma tête en apprenant ça. J'espérais toutefois pouvoir tout de même m'inscrire à la fac à Nancy, prendre une chambre en ville, mais mon père a été inflexible. Il n'est pas question que je reste seule en Lorraine. Je ne sais pas de quoi ils ont peur puisque tu seras là. Il semble que pour eux ce ne soit pas suffisant. Nous allons habiter Aix-en-Provence et j'irai à la fac là-bas. J'ai pleuré, j'ai supplié à genoux, j'ai menacé de faire une grève de la faim, inutile. Mes parents ne voulaient pas payer une chambre, les voyages pour que je rentre et mon entretien à Nancy alors que nous allons résider à deux pas de la fac d'Aix. Je te jure que je n'ai rien pu faire pour leur faire changer d'avis. Ils ne comprennent pas ce que cela signifie pour moi. Après les rêves que nous avions fait de vivre dans la même ville nos vies d'étudiants, c'est inhumain de nous traiter ainsi. J'ai même été jusqu'à leur dire que j'allais rater mes études, que je ferais une dépression, ça n'a pas eu l'air de les toucher. Pour la première fois, j'ai haï mes parents.

Je ne sais pas quoi te dire. Je suis très malheureuse. Nous remonterons pour le déménagement. Je tâcherai de rester chez ma tante jusqu'à la rentrée universitaire et après, je préfère ne pas y penser. De toute façon, je t'aimerai toujours même si tu es loin. Il y aura bien un temps où nous pourrons être réunis, libre de ne plus nous quitter. En attendant, il faudra que l'on soit très courageux, je ne sais pas si j'y parviendrai. C'est trop injuste et trop dur. Ce n'est pas drôle d'être jeune, pas encore majeur. On a notre vie à construire, mais on ne nous comprend pas. Mes parents me prennent encore pour une gamine. Tout le monde sait ça : les enfants oublient vite, ils se distraient facilement de ce qu'ils considèrent comme important. J'ai envie de tout casser, de leur crier que je suis autant adulte qu'eux et que mes sentiments ne sont pas des gamineries, mais je sais que ça ne servirait à rien. Je me demande si je les aime encore.

S'il y a des taches sur ma lettre, c'est que je pleure en t'écrivant. Je t'aime du plus profond de mon cœur brisé. Je suis triste, si triste !

Pascale.

Concarneau, juillet 1968

Mon amour,

Je ne suis pas encore remis de la lecture de ta lettre. J'ai dû le relire plusieurs fois avant de me décider à la comprendre. J'avais l'impression que je ne savais plus lire ou plutôt que je ne voulais plus savoir lire. Je tombais dans un gouffre, mes jambes ne me portaient plus.

Je me faisais une telle joie de t'avoir auprès de moi à Nancy et voilà que tu m'annonces que tu pars à l'autre bout de la France et qu'il me faudra attendre des mois avant de te revoir. Je ne peux même pas imaginer ça ! J'en ai la respiration coupée et hier au soir, je n'ai rien pu avaler. Moi qui dévore depuis que nous sommes ici, l'air de la mer ça creuse ! Les copains sont plutôt sympas, je ne voulais pas leur dire ce qui m'arrivait, mais à voir la tête de déterré que je faisais, ils m'ont forcé à parler. Eux qui se moquaient de moi quand je passais des heures à t'écrire, ont tout fait pour essayer de me consoler. En désespoir de cause, j'étais toujours aussi amorphe, ils m'ont fait boire, trop ! Je me suis effondré sur mon lit et ce matin, j'ai l'impression que j'ai toutes les cloches de l'église dans la tête. J'ai toujours aussi mal au cœur. Si je ne t'aimais pas autant, je crois que je voudrais cesser tous contacts avec toi, mais je n'en aurais jamais le courage. Je préfère souffrir avec toi au loin que sans toi. Je m'accroche, même de loin.

Tes parents ne savent pas ce qu'ils font en nous séparant. Comment allons-nous trouver la force de supporter ça ? Je sais que tu es dans le même état que moi. J'ai même pensé à t'enlever, à une fuite à l'étranger où on ne nous retrouverait pas. On vivrait avec les marginaux et on s'aimerait, même sans rien. Mais je sais que c'est complètement fou, nous ne sommes pas encore majeurs et si on nous retrouvait, ce serait encore pire. Et puis, peut-on vivre de rien ? La perspective de tout ce temps que nous allons devoir passer seuls loin l'un de l'autre me terrifie. Je me sens coupé en deux, il va me manquer la partie la plus importante de moi, c'est-à-dire toi. Le ciel breton peut bien me tomber sur la tête et quand le crachin s'arrêtera, je verrai encore tout en sombre. Il n'y aura jamais plus de soleil. Mon soleil c'était ton sourire et on me l'arrache. Qu'est-ce qu'on fait quand le monde s'écroule ? J'ai beau savoir nager, être très bon en sport, avoir une musculature honnête, je me sens aussi faible et démuni qu'un nouveau-né et surtout complètement impuissant. Ce n'est pas demain que je serai libre, que j'aurai une situation et que je pourrai venir te chercher pour t'épouser et te garder pour toujours.

Je ne sais plus quoi dire, j'ai envie de pleurer, de tout casser et je ne fais rien. Je relis tes lettres que j'avais emportées, elles ne me quittent jamais, ces lettres d'un temps où nous étions pleins d'espoir, heureux. Par moments, je me dis que je voudrais revenir trois ans en arrière, je ne te connaissais pas, j'étais insouciant, toutes les filles se ressemblaient, j'avais envie de toutes, mais ça n'allait pas plus loin. Puis, je me suis dit aussi que j'ai eu de la chance de te rencontrer, de savoir ce qu'était vraiment aimer. Quoiqu'il arrive, je ne regretterai jamais ce que tu m'as apporté et que je garderai toujours comme mon bien le plus précieux. C'est ce qui me fait le plus souffrir, mais ça en valait la peine.

Je voudrais pouvoir te dire que nous nous aimons tant que nous surmonterons les épreuves, mais je n'en suis pas très sûr.

Et pourtant, tu es toute ma vie.

Alain

Épinal, août 1968.

Ma chérie,

Je suis rentré hier. Je ne te parlerai pas de cette fin de vacances, les pires de mon existence. Je crois que je ne me souviens pas de ce que j'ai fait les derniers jours. Je n'avais qu'une seule pensée dans la tête : notre avenir si noir. Je dormais à peine, je faisais d'horribles cauchemars que je ne te raconterai pas, ils te feraient trop peur. J'étais un vrai zombie. Je parlais à peine. Les copains ne savaient plus quoi faire. Je ne vivais plus que pour te revoir, car je savais que ce serait pour si peu de temps. Et surtout pour te dire au revoir, cette fois pour un bon bout de temps. Tu vas revenir dans quelques jours. Je pourrai te tenir encore dans mes bras, mais je saurai que ça ne durera pas et ça gâchera tout. Il faudra qu'on soit encore un peu gais, un peu heureux, comme avant pour qu'on en garde un précieux souvenir ; j'espère qu'on va y arriver.

Samedi, je t'attendrai à l'endroit habituel. Mes parents voulaient que je les accompagne chez ma grand-mère, mais quand je leur ai expliqué, ils n'ont pas insisté. Ils ont compris que j'étais bouleversé, ma mère l'était aussi. Mon père n'a rien dit. Je leur suis reconnaissant de ne pas m'avoir asséné les phrases de circonstance : tu es jeune, tu t'en remettras, tu as toute la vie devant toi et qui sait, vous vous retrouverez...etc. Je n'aurais pas pu le supporter et j'aurais pu être méchant. Je suis là à traîner dans la maison vide, je n'ai pas touché aux plats que maman m'avait préparés, j'ai tout du clodo, tu ne me reconnaîtrais pas. Je n'ai même pas envie de sortir prendre l'air, je ne suis pas allé courir depuis que je suis rentré et je ne réponds pas aux copains. J'ai peur de ce que je vais devenir quand tu seras partie définitivement.

Dans ta dernière lettre (*), tu me dis que l'ambiance chez toi est invivable. Tu en veux à tes parents qui ne comprennent pas. Je ne voudrais pas les défendre, car je sais combien tu souffres et combien je souffre aussi, mais ça n'arrangera rien de leur faire la gueule sinon à te rendre encore plus malheureuse. Ils ne peuvent pas imaginer la force de notre amour. Ils doivent le considérer comme une amourette d'adolescents.

Je ne sais pas si je dois trouver le temps long en attendant ton retour ou si je dois souhaiter que le temps passe moins vite pour reculer notre séparation définitive. Pour le moment, j'ai encore la perspective de te serrer dans mes bras, de te couvrir de baisers et plus... Après c'en sera fini. Je vais tâcher de m'organiser pour qu'on puisse passer une nuit ensemble avant ton départ. Je trouverai bien un copain dont les parents seront encore en vacances. Essaie, toi aussi, de trouver une excuse. On doit finir en apothéose si on veut trouver la force dans les souvenirs.

J'arrête là, car, à brasser toutes ces idées noires, je ne te fais pas de bien.

Je t'aime, je t'aime, je t'aime, je t'aime, je ne cesserais pas de te l'écrire, car c'est quand même le plus important.

Ton Alain.

(*) Cette lettre a disparu.

Aix-en-Provence, août 1968.

Mon amour,

Ça y est, nous sommes installés à Aix. Je ne te parlerai pas des larmes que j'ai versées pendant tout le trajet. Je n'ai pas pu manger. Mes parents ne disaient rien ; ils savaient que c'était pour moi un déchirement de quitter mes amis et surtout toi, mais ils étaient très loin d'imaginer à quel point. Même mon frère me fichait la paix. Ce n'est pas dans ses habitudes, mais il devait lui aussi être triste de laisser ses amis. Dans la voiture, c'était le silence complet. Je regardais défiler le paysage triste, aussi triste que moi. J'avais compté rester encore un peu chez ma tante, mais j'avais oublié qu'elle devait partir en cure à cette période. Et puis c'était reculer pour mieux sauter.

Je revois tes yeux quand nous avons dû nous faire nos adieux et ta voix qui me disait que ce n'était pas un adieu, mais un au revoir, que tu ferais tout ton possible pour descendre me voir pendant les vacances, que je pourrais aussi remonter chez Brigitte. Mais c'était si loin tout ça et bien incertain.

Heureusement que nous avons tout de même réussi à passer toute une nuit ensemble. On a de bons amis. Je dis on a, mais pour moi, je devrais dire avait, car on sait ce que l'éloignement peut faire. Je n'oublierai jamais cette nuit. C'était la première fois, nous nous sommes toujours aimés à la sauvette, le jour. Elle avait un goût amer, cette nuit, mais je pense que nous ne nous étions jamais autant aimés. Même la première fois. Le désespoir donne plus de prix au plaisir et aux sentiments. Tu as essayé autant que tu as pu de faire de cette nuit quelque chose de gai, de beau, que nous ne pourrions jamais oublier. J'ai joué le jeu et je savais que toi aussi, tu jouais le jeu. Nous n'avons quand même pas pu nous empêcher de pleurer ensemble. Je me suis endormie dans tes bras en souhaitant ne pas me réveiller. Quand j'ai ouvert un œil, tu dormais encore. Je t'ai regardé sans bouger, je voulais graver tes traits dans ma mémoire. J'avais si peur de les oublier. Tu as senti mon regard sur toi, tu m'as demandé à quoi je pensais, je te l'ai dit. Alors, tu t'es mis à faire courir tes mains partout sur mon corps en me disant que c'était par le toucher que tu voulais me graver dans ta tête. Chacun sa méthode. Crois-tu qu'un jour je ne me souvienne plus de la couleur de tes yeux, de la forme de ton visage, de la chaleur de tes mains sur moi ? Je suis effrayée à cette idée. Et toi, pourrais-tu oublier ma peau, mon odeur ? Nous avons encore tant de temps à vivre et les souvenirs finissent toujours pas s'affadir. Et s'effacer.

En voyant le nom des villes qui défilaient, je me demandais si notre amour allait pouvoir résister à tout ça. J'ai peur, Alain, je peux te le dire maintenant que je suis loin. Je suis terrifiée à l'idée que tout ça ne soit plus qu'un souvenir. Je suis sûre de ne jamais pouvoir aimer quelqu'un d'autre autant que je t'aime. Je connais des couples qui se sont aimés puis défaits. Ils refont leur vie comme on dit. Sans doute avaient-ils épuisé tout ce qu'ils pouvaient se donner et c'est ça qui leur permettait de recommencer le cycle. Nous n'avons pas eu le temps de tout nous donner, je ne me vois donc pas m'engager avec un autre que toi. Peut-être que dans vingt ans, je prierai au fond d'un couvent, le seul moyen que j'aurai trouvé de donner un sens à mon désespoir et à mon célibat.

Je t'en supplie, ne m'oublie pas.

Ta Pascale.

Épinal, août 1968.

Pascale chérie,

Comment peux-tu imaginer une chose pareille? Que je puisse t'oublier ! C'est I.M.P.O.S.S.I.B.L.E ! Je sens encore ton corps sous mes mains, j'ai ton parfum qui me hante, tu es toujours là, près de moi.

Je suis retourné voir Michel, il était dans sa chambre, celle qu'il nous avait gentiment prêtée pour notre dernière nuit. Je croyais encore te voir, là dans ce lit qui était défait. Je voyais ton visage, je sentais tes mains sur mon corps. Je voyais ton sourire un peu triste, j'entends les mots que tu me disais, des mots de colère, de consolation, des mots d'amour. Il y avait encore tout ça dans cette chambre. Je n'ai pas pu le supporter, je me suis enfui sans même dire un mot à mon copain. J'étais sur le point de me mettre à pleurer et j'aurais eu honte de pleurer devant lui. Michel n'a pas compris, il a dû me prendre pour un fou. Qui pourrait me comprendre ? Qui a vécu un amour comme le nôtre et l'a vu aussi contrarié ? Même moi, il a fallu que je te perde pour mesurer l'étendue de mon amour. Je savais que je t'aimais, je n'en ai jamais douté, mais je n'imaginais pas t'aimer autant.

Je ne sais pas quoi te raconter, il n'y a plus rien de racontable. Je me suis remis au sport, ça me vide la tête, mais je ne peux pas faire du sport à longueur de journée.

J'essaie de vivre comme si nous allions nous revoir demain ou après, je me dis que nous sommes encore jeunes que nous avons tout le temps, qu'il suffit d'être forts et de ne pas se laisser aller au chagrin. Pourtant, Dieu sait que j'en ai ! En attendant de retourner à la fac, je traîne ma misère. Je travaille un peu. Je regarde ta photo : celle où tu me souris, et sur laquelle tu es heureuse, je te parle, je me fais du cinéma, du cinéma à ne pas laisser voir par n'importe qui. Tu vois ce que je veux dire. Je me remets au travail pour tenter de me vider la tête, mais j'ai tellement mal !

Je vais avoir dix-huit ans le mois prochain. Dix-huit ans, c'est le bel âge, mais tu ne seras pas là pour le fêter avec moi alors cet anniversaire n'aura aucune saveur. Je vais passer mon permis. Je me suis trouvé un petit boulot à la station-service, la nuit. Je me ferai un peu d'argent pour me le payer. Pour la voiture, ce sera une autre histoire, on verra ! En tout cas, dès que j'ai la voiture et le permis, je fonce à Aix. Je t'enlève, je t'emmène dans un coin discret et je t'aime à ne plus pouvoir m'arrêter.

Ben quoi ! On peut rêver, c'est tout ce qui nous reste.

Courage, mon amour. Je suis toujours auprès de toi par la pensée et je t'aime de plus en plus.

Ton Alain.

Aix-en-Provence, septembre 1968

Mon chéri.

C'est déjà le mois de septembre, c'est le début de l'automne. Ici, on ne voit pas grand-chose, car il n'y a pas beaucoup de verdure. Tout est sec et le soleil est toujours aussi écrasant. Si on m'avait dit qu'un jour j'aurais vraiment envie de pluie. Je n'ai jamais aimé l'automne, mais cette année c'est encore pire. Tout est dans la clarté et moi, je suis dans le noir. Ici, c'est un faux automne, je hais cette région où tu n'es pas. Je suis peut-être injuste, mais c'est ce que je ressens. Et mes parents qui sont tout heureux d'avoir quitté la grisaille de l'Est ! J'ai du mal à supporter leur contentement. L'automne avec toi, c'était quand même bien, je ne savais même pas qu'on était en automne, je ne voyais que toi. Ici tout est vide, si vide.

Je suis allée visiter la fac d'Aix, c'est laid, c'est triste. Je dois reconnaître que c'est surtout moi qui suis triste. Je voyais cette rentrée tout autrement. Je me sentais tellement perdue dans ces bâtiments où je ne connaissais personne. Je ne me suis encore fait aucune amie, aucun ami. Il faut dire que je ne sors pas. Pas envie. Je ne fais que lire tes lettres et pleurer. Quand je n'ai plus de larmes, je tente de me changer les idées et je me plonge dans un livre. Je tourne en rond. Mon frère, lui, s'est déjà fait des copains, mais il me dit que ce n'est pas pareil que là-haut. Ici les gens sont snobs et pas très sociables. Mes parents ne disent rien, mais je vois bien qu'ils sont catastrophés de me voir comme ça. Pour l'instant, ils souffrent pour moi, mais je suis sûre que dans peu de temps ça va les énerver. Les énerver de me voir pinailler dans mon assiette, j'ai dû perdre quelques kilos, de me voir hanter la maison comme un fantôme. Surtout ma mère qui me supporte tout au long de la journée. Mon père ne me voit que le soir.

Je n'y peux rien, tu me manques tellement et la perspective de te voir est si lointaine. Je n'en peux plus ! Comment fais-tu pour continuer à vivre normalement ? Tu as au moins tes copains. Tu vas retrouver ta fac, celle que tu connais déjà bien. Moi, je vais vers l'inconnu. Je sens que cette année ne sera pas mirobolante. Il faudrait que je trouve au moins l'envie de travailler. Comment faire quand on a le cœur en miettes et qu'on se sent si vide de l'intérieur ? En ce moment, je ne lis que des bouquins où les héroïnes meurent d'amour, à moins que ce ne soit le héros, en tout cas il y en a un des deux qui meurt. Tes bouquins de droit sont peut-être rébarbatifs, mais ils ne remuent pas le couteau dans la plaie. Les histoires d'amour qui tournent mal font de magnifiques romans, des films formidables, mais quand on les vit, ce n'est pas la même chose. C'est laid, c'est révoltant. Je ne verrai jamais plus les romans d'amour malheureux comme avant.

Je voudrais te dire quelque chose de gai, d'amusant, mais, j'ai beau chercher, je n'ai pas ça en magasin. Toute ma gaieté est partie et je ne pense pas la retrouver de sitôt.

Je me dépêche de finir pour aller poster ma lettre avant la levée. Je suppose que tu attends mes lettres avec autant d'impatience que moi les tiennes. Écris-moi très vite. Les jours où la boîte aux lettres est vide sont encore pires que les autres. Je me mets alors à imaginer tout et son contraire, qu'il te soit arrivé quelque chose, que tu sois malade ou même mort et pire encore que tu ne veux plus m'écrire, que tu renonces.

Je t'embrasse désespérément. J'espère que mes baisers après un si long voyage auront encore du goût.

Pascale.

Épinal, septembre 1968.

Ma Pascale chérie,

La rentrée approche à grands pas. J'ai hâte de me replonger dans le travail. Je tourne en rond moi aussi. Tu me demandes de te raconter ce que je fais. C'est difficile, car je ne fais pratiquement rien. Je suis sans envie. Je ne vais plus au gymnase, plus à la piscine, les copains ne me voient plus. Je cours seul en pleurant pour que personne ne me voie. Quand tu es partie, tu as emporté tout ce qui me faisait plaisir : le sport, les sorties entre copains, tout ce qui me rendait heureux, la vie quoi ! Oui, j'ai toujours mes copains, même si je ne les vois plus guère et ce n'est pas de leur faute, car ils sont très attentionnés, ils sont avec moi comme si j'étais fragile et que j'allais me casser entre leurs pattes. Moi, le grand costaud de plus d'un mètre quatre-vingts. Ils me couvent comme un poussin. C'est pour ça que je les vois beaucoup moins, ils me rendent encore plus triste avec les   attentions. Quand je les vois navrés parce qu'ils ont commencé à parler de filles ou quand ils ont évoqué des souvenirs du temps où tu étais encore là, ils me mettent encore plus le cœur en vrac. Ils font tout ce qu'ils peuvent pour m'entraîner à sortir avec eux, mais les rares fois où j'accepte, je me morfonds toute la soirée. Je tire une telle tête que je fais fuir toutes les filles. Tu vois, tu n'as pas à t'en faire, je suis de la race des chiens fidèles. Ils meurent sur la tombe de leur maître.

J'ai commencé les cours de conduite, ça me plaît bien. Quand je suis au volant, je m'imagine sur la route allant te rejoindre dans le sud. C'est un moment qui me sort de ma torpeur. Je me suis replongé dans mes bouquins de droit. Comme ça me semble loin tout ça. Lorsque je bûchais, j'avais toujours en tête qu'il fallait que j'en mette un coup pour aller te retrouver après. Maintenant que je n'ai plus cette perspective, les bouquins ne me servent qu'à me laver le cerveau.

Comme tu peux le constater, je ne suis pas plus gai que toi.

Ferme un peu les yeux, je suis là, tout près de toi, je m'approche doucement, je pose ma main sur ton épaule, sur ton cou, c'est doux, je sens tes cheveux qui sentent le shampooing, je me penche, je vais t'embrasser juste en dessous de l'oreille. Tu te tournes vers moi, tu sens mes lèvres sur les tiennes, tu sens ma main sur ton corps… Je n'irai pas plus loin, car j'en ai une telle envie que c'est un supplice d'évoquer ce que nous pourrions faire.

Je me contente donc de te dire je t'aime encore et encore.

Alain.

Aix-en-Provence, novembre 1968.

Alain,

Je viens de recevoir une lettre de Brigitte. La pauvre ne savait pas comment m'annoncer ça. Elle avait beaucoup hésité, mais elle pensait qu'elle devait me le dire. Elle t'a vu avec une fille. Selon elle, il ne pouvait y avoir aucun doute sur votre relation. En lisant ça, je me suis effondrée. J'avais bien eu comme un pressentiment en constatant que tes lettres tardaient de plus en plus. J'essayais de me rassurer en me disant que tu avais repris les cours, que tu bossais dur. Je les trouvais aussi un peu moins passionnées, mais il n'est pire sourd que celui qui ne veut pas entendre. Je sais à présent que la petite voix qui me chuchotait que c'était peut-être autre chose avait raison. Ainsi, tu m'as remplacée. Ça devait sans doute arriver.

Je ne sais pas quoi dire. Que je suis désespérée, ça tu t'en doutes. Mais je ne sais pas si je peux t'en vouloir. Nous sommes à des centaines de kilomètres et nous savons que ce ne sera pas demain que nous pourrons être de nouveau ensemble. Si j'étais là-haut, je t'arracherais les yeux, mais, là, je suis totalement impuissante. Tu me fais atrocement souffrir, mais c'était à prévoir. Je ne peux pas dire que je m'y attendais, en tout cas, je le redoutais. Donc j'en acceptais la possibilité.

Pour moi, je n'éprouve pas la moindre nécessité de te remplacer. Ce ne sont pas les propositions qui me manquent et les garçons du Sud sont bien mignons et directs en plus. Seulement, pour moi, c'est impensable qu'un autre que toi puisse me toucher. Je conçois que pour les garçons ce ne soit pas la même chose, je ne suis pas si naïve, mais il n'empêche que de te savoir avec une autre me révulse.

Je ne sais pas non plus comment réagir. Je ne peux pas te supplier de rompre avec cette fille et je n'ai pas le courage de rompre avec toi. Je suis complètement perdue. Je te laisse prendre les décisions. Il me faudrait trop de temps pour voir clair dans tout ça. Non, je ne peux pas t'imaginer avec cette fille, mais j'ai si peur de renoncer à toi. Comment faire ? Continuer à te considérer comme mon petit ami, celui que j'attends désespérément ou alors faire une croix sur notre histoire ce qui serait le plus terrible, mais le plus raisonnable, te rendre ta liberté (que tu as déjà reprise) ? C'est si dur !

Je suis incapable d'en ajouter. Si tu ne me réponds pas, je saurai à quoi m'en tenir.

Pascale.

P.S : Je ne te dis pas adieu. Ce n'est pas possible pour moi. Même si tu décides d'en finir, il n'y aura jamais de séparation définitive pour moi. Tu es à jamais gravé dans mon cœur, dans ma chair. Tu seras absent de ma vie, mais tu ne seras jamais absent de mes pensées.

Nancy, novembre 1968.

Pascale,

Je ne sais pas quoi dire, moi non plus. Je n'ai pas envie que tu quittes ma vie. Brigitte ne t'a pas menti. J'ai rencontré Catherine, c'est elle qui a fait le premier pas vers moi, je n'ai pas su résister. Je ne voudrais pas avoir l'air de m'excuser ou de chercher à te consoler si je te disais que je ne l'aime pas, du moins pas comme je t'aime. Elle est gentille et la seule excuse que je pourrais avoir c'est de ne pas supporter la solitude. Au début, je ne cherchais qu'un peu de compagnie féminine, elle était là et comblait un peu le vide. Nous suivons les mêmes cours, elle avait remarqué que je ne me comportais pas comme les autres. Elle a voulu savoir ce qui me différenciait. Je n'ai pas pu lui dire, lui parler de toi, c'était encore trop douloureux. Elle ne comprenait pas, mais elle ne me lâchait pas. Sa présence me faisait du bien. Elle n'essayait pas de me séduire, c'est sans doute pour ça que j'ai baissé la garde. Et puis, un soir que j'étais encore plus triste, elle était là, tout simplement. Je m'en voulais d'être aussi faible, je me trahissais autant que je te trahissais. C'était plus fort que moi, j'avais besoin de ce baume sur mes blessures. Elle ne serait certainement pas heureuse que je la traite de baume, pourtant c'est vraiment le mot le plus juste. Je ne sais pas si cette histoire va durer longtemps, mais je dois être honnête avec toi, si ce n'est plus elle, ça pourrait être une autre. Il en faudrait plus d'une et je suis sûr de ne jamais pouvoir te remplacer complètement. Je ne suis pas courageux face à la solitude. Je sais que je te déçois cruellement, je me déçois aussi. Je ne me sens pas très bien, car je vais devoir être franc avec elle, je ne voudrais pas qu'elle se fasse des illusions.

Je comprends très bien que tu ne puisses pas supporter ça. Je ne peux pas non plus me résoudre à te dire adieu. J'ai toujours besoin de toi, de savoir que tu existes quelque part. Voilà ce que je te propose : cessons de nous écrire pendant un certain temps. Nous verrons bien ce que ça donnera. Ne fermons pas la porte complètement. Si l'un de nous craque et écrit à l'autre, pas de problème. Chacun restera libre de répondre ou pas.

Je sais que jamais nous ne parviendrons à nous oublier, mais tenterons de vivre comme nous le pourrons. Il ne faut pas que notre amour éloigné nous empêche de vivre notre jeunesse. Je suis trop jeune pour renoncer à tout. Il y aura toujours dans ma vie, dans mon cœur un endroit qui n'appartiendra qu'à toi.

Tu n'y croiras peut-être plus, mais je veux te dire peut-être pour la dernière fois que je t'aime.

Alain.

P.S : Ne te morfonds pas, ne reste pas repliée sur toi-même. Il doit bien y avoir dans ton entourage un garçon super qui te fera à nouveau rire, qui te permettra de passer à autre chose. Ça me fait très mal de te dire ça, mais je pense que tu mérites de profiter des instants qui passent. On nous a refusé les plus beaux, mais il en reste encore de beaux tout simplement.

1984

Aix-en-Provence, février 1984.

Alain,

Ça me fait tout drôle d'écrire à nouveau ton pré-nom. Tu as dû être étonné en voyant ma lettre. J'ai mis intentionnellement mon nom au dos de l'enveloppe pour que tu aies le choix de la lire ou non. J'ai écrit aussi « personnel », car je suppose que c'est ta secrétaire qui ouvre ton courrier et je n'ai que ton adresse professionnelle.

Tu te demandes certainement pourquoi je t'adresse cette lettre au bout de tant d'années. Je me le de-mande moi aussi. C'est un acte impulsif. Quelque chose qui revient de très loin et qui m'étonne moi-même. C'est aussi le fait du hasard, enfin pas tout à fait, je dois le reconnaître. Voilà, en quelques mots, l'affaire.

Je suis en instance de divorce. Ne t'affole pas, di-vorce à l'amiable, sans histoires, rien de catastro-phique. Usure du temps, pas assez d'amour sans doute, une relation qui s'apparentait plus à de l'amitié et de la complicité. Pour cela, il me fallait un avocat. Que je suis allée chercher dans les pages jaunes. En voyant cette liste d'avocats, je me suis souvenue de toi. J'ai cherché l'annuaire de la Meurthe-et-Moselle histoire de voir si tu étais bien

49

devenu avocat comme c'était ton rêve et si tu étais resté dans la région. J'aurais pu ne pas te trouver. Tu aurais pu changer de voie ou quitter le pays. Eh bien non, tu étais toujours là ! Ce qui m'a donné l'envie de t'écrire. Je doute que cette lettre te fasse plaisir, mais je suis persuadée qu'elle ne te contrariera pas. Je tiens à te préciser que je ne te demande rien, même pas de me répondre. Je n'ai pas besoin d'un consolateur et encore moins d'un remplaçant à mon ex-mari.

Je crois qu'il y a prescription comme on dit. Avec l'usure du temps il ne me reste que le meilleur des souvenirs, la nostalgie douce de notre jeunesse, la reconnaissance de t'avoir rencontré un jour. La petite boîte au fond de ma mémoire s'est ouverte, elle était pleine de choses agréables en rapport avec toi. Le plus malheureux avait été passé à la gomme du temps. Après toi, j'ai vécu et plutôt bien. Aucun regret, aucun remords. J'espère qu'il en est de même pour toi.

Si tu ne veux pas me répondre, ça n'a aucune importance, mais j'avoue qu'un petit mot de toi me ferait plaisir. Ne serait-ce que pour me dire ce que tu es devenu.

Je ne sais pas comment conclure. Amicalement, cordialement, avec tout mon respect… ? Je laisse donc en suspends.

Pascale.

Nancy, février 1984.

Pascale !!!

Voir ton nom sur l'enveloppe, après m'être demandé qui pouvait bien m'écrire personnellement à l'étude, a été un choc. Avant même de commencer ma lecture, je revoyais ton visage, tes yeux si bleus, tes longs cheveux blonds. Je crois que je me suis mis à trembler. Ne me demande pas pourquoi, je n'en ai pas la moindre idée. C'était ainsi. Je n'osais pas commencer à lire, les lettres dansaient devant mes yeux. Une vraie claque qui me ramenait seize ans plus tôt. Je ne savais plus où j'étais, un peu comme dans un film où le héros saisi d'amnésie se transporte des années en arrière. Il m'a fallu plusieurs minutes pour me reprendre. Je tenais ta lettre à la main comme si elle allait m'exploser au visage.

Puis, j'ai lu. Ne me demande pas non plus ce que j'ai ressenti. C'était inexplicable. Moi, le pro des mots, je n'en trouverais pas. J'étais complètement perdu, hors de moi, au sens propre du terme. Heureusement que je n'ai eu ta lettre qu'en fin de journée. La secrétaire avait attendu pour me remettre mon courrier que j'aie épuisé tous mes rendez-vous. Si je l'avais eu plus tôt, je ne pense pas que j'aurais pu être en mesure de faire face à mes engagements.

Tout tournait dans ma tête sans que je puisse l'analyser clairement. Je peux juste te dire que ta lettre m'a fait plaisir. Il va me falloir un bon moment avant de retrouver le fonctionnement normal de mon cerveau.

La stupéfaction un peu passée, les premières questions qui me sont venues en tête, ta lettre est si brève, ont été : qu'es-tu devenue ? Es-tu heureuse ? Tu divorces quand même, même si tu me dis que ça se passe très bien. Comment ont été ces années pour toi ? Si tu t'en sens le courage, tu pourrais satisfaire ma curiosité.

Pour moi, c'est effectivement la réussite de mon rêve de devenir avocat. J'ai choisi le droit civil. Je me suis fait une petite réputation dans les cas difficiles, je ne manque pas de travail. Je suis marié. Ma femme est aussi avocate, mais dans le droit des affaires. Nous avons deux enfants : huit ans et douze ans. La vie de monsieur Tout-le-Monde. Nous avons une jolie maison à Vandoeuvre. Rien de bien original.

Seize ans, tu te rends compte ? Rien qu'à lire ton nom, j'ai l'impression que ces années ont été gommées, qu'elles avaient soudain disparu. C'était étrange comme sensation. Je me répète, je ne sais plus ce que je dis, mais c'est parce que je suis si troublé. Pour moi aussi, la boîte s'est rouverte et tout m'est sauté à la figure. Je vais avoir du mal à m'en remettre.

Libre à toi, de m'écrire encore ; j'aime penser à toi.

Alain.

Aix-en-Provence, avril 1984.

Alain,

J'ai réfléchi longtemps avant de te répondre. Je n'aime pas l'idée d'avoir troublé ta vie qui me semble bien organisée. Quand tu me disais dans ta lettre que tu te sentais hors de toi, j'ai eu la sensation d'avoir jeté un bloc de béton dans la mare tranquille de ton existence. J'ai eu peur aussi que tu croies que j'attendais quelque chose de toi, ce qui n'est pas le cas, je t'assure. Ce geste irréfléchi n'avait rien d'un appel. Ces seize années que j'ai vécues après notre séparation ont été pour moi, pleines et riches.

Certes, j'en suis venue à me séparer de mon mari, mais j'ai été très heureuse avec lui. Nous n'étions tout simplement pas faits pour continuer ensemble. Il avait un métier qui le comblait, mais qui l'obligeait à partir très souvent à l'étranger. Nous avions très peu de vie commune et je n'ai pas pu le supporter long-temps. Je n'ai rien à lui reprocher, je n'aurais pas pu trouver mieux et je suis aussi fautive que lui si ça n'a pas marché. Nous avons été très vite d'accord pour dire qu'il était temps de nous séparer avant que les griefs et les reproches salissent la belle relation que nous avions. Nous resterons amis et très proches pour notre fille qui a douze ans. Elle vit avec moi, mais son père n'est pas loin, elle pourra le voir autant qu'elle voudra. Comme tu vois, je ne suis pas seule.

Je suis professeur de lettres comme tu aurais pu le deviner. J'aime toujours autant les livres. J'ai la chance de travailler dans un très bon établissement et j'adore mon métier. J'ai beaucoup d'amis, surtout des amies. Ma vie est bien remplie.

Je ne sais pas si ce serait raisonnable d'entamer une correspondance suivie qui pourrait perturber nos existences. Je ne le voudrais pour rien au monde. Remuer le passé n'amène jamais rien de bon, il est ce qu'il a été et ne doit pas semer le trouble dans le présent. Le nôtre a été, rien à retirer, mais certainement encore rien à ajouter.

J'espère que tu as retrouvé ton calme, ce serait dommage et peut-être même dommageable si ce n'est pas le cas. Ce n'était pas mon but quand j'ai eu cette idée folle de t'écrire.

Pourrions-nous parler d'amitié ?

Pascale.

Nancy, mai 1984.

Pascale,

J'ai réfléchi, moi aussi, beaucoup réfléchi, mais je ne suis pas plus avancé. Une part de moi me fait désirer que tu aies une petite place dans ma vie, tu as tellement compté ! Une autre part de moi s'interroge sur ce que pourrait être cette petite place et ce que cela pourrait donner. Je n'ai pas de réponse. C'est vrai qu'en reprenant contact avec moi, tu as un peu bouleversé l'ordre établi, mais cet ordre était il bien établi et était-ce de ça dont j'avais envie, l'ordre établi ? Je ne t'en fais pas le reproche, je suis maître de mes décisions et de ma destinée. Une petite voix me dit que si nous cessions toute relation, une fenêtre se refermerait et qu'il ferait plus sombre. Cette petite voix insistante me crie : « essaie, tu verras bien, il ne faut jamais refuser ce que la vie nous présente de bon ». Aussitôt une autre voix, celle de la raison me dit tout bas : « méfie-toi du danger, ce n'est pas raisonnable ». Si ça continue, je vais devenir schizophrène. Si je ne le suis pas déjà ! Moi qui suis capable de l'analyse la plus fine du cas de mon client, je suis incapable de voir quoi que ce soit dans mon propre cas. Tu as ouvert la boîte de Pandore, je devrais t'en vouloir de m'avoir mis dans cet état, mais ça m'est impossible. Je passe de l'euphorie à l'abattement en moins d'une minute, mais je suis heureux que tu aies fait cette démarche.

À force de subir tous ces tours et détours de mon cerveau, j'ai de plus en plus de mal à me concentrer. Moi qui dormais toujours comme une marmotte, je me réveille la nuit avec dans les oreilles en boucle, cette ritournelle : écris, n'écris pas, prive-toi, ne te prive pas du plaisir de la lire ! » Ce n'est que lire, après tout ! Mieux vaut les remords que les regrets. Aller vers les remords ou avoir à jamais des regrets ? Telle est la question comme aurait dit ce bon vieux Shakespeare. Je ne parviens pas à éviter le trouble qui m'envahit quand je vois ton nom sur une enveloppe. Je ne parviens pas ou je ne veux pas ce qui revient au même.

J'ai l'air de me plaindre et de te culpabiliser de m'avoir écrit, n'en crois rien. C'est seulement mon égoïsme qui parle, je le malmène moi-même. Je croyais avoir acquis une forme de sagesse, me voilà taraudé par une sorte de folie comme un adolescent à son premier flirt.

Alors, plutôt que te casser les pieds avec mes états d'âme, je préfère m'arrêter là. Ce qui veut dire, uniquement pour cette fois. C'est peut-être du masochisme, mais j'ai encore envie d'être sur les mon-

tagnes russes. J'espère seulement que mon cœur
tiendra.

Alain.

Aix-en-Provence, juin 1984.

Alain,

J'ai envoyé trop vite ma dernière lettre. Je n'avais pas assez réfléchi à ce que j'avais écrit. C'est tout moi, ça, méticuleuse à l'extrême dans mon travail et complètement débordée dans ma vie privée.

Cette fois, ce sera ma dernière lettre. Je pense que je te fais du mal. Tu ne t'en rends pas véritablement compte, mais tes lettres me font voir un Alain complètement déboussolé. J'ai peur que cela ait des répercussions sur ta vie professionnelle et surtout familiale. Je ne pensais pas que le fait de jeter quelques mots sur une feuille de papier puisse avoir de telles conséquences. Oublie-moi définitivement comme tu as pu le faire, il y a seize ans. Cette fois ce sera facile. Je te cause trop de tracas et je n'en ai nulle envie. J'ai peur, moi aussi, que si nous continuions à nous écrire, nous risquions de vouloir faire revivre le passé, ce qui serait une très mauvaise chose. Nous n'avons plus dix-huit ans, nous ne sommes plus les mêmes. Tu as ta vie et je dois refaire la mienne (je ne suis pas pressée, mais je sais que je ne resterai pas seule). Nous avons gardé en mémoire l'image de ce que nous étions à dix-huit ans. Ce n'est plus qu'une image, les adultes que nous sommes revenu n'ont rien à voir.

Ne nous voilons pas la face, il y a dans toutes ces hésitations, un désir de retrouver ce que nous avons perdu. C'est impossible ! Ne nous leurrons pas, nous ne pourrons jamais être des amis. Tout ce que tu me dis dans ta dernière lettre le prouve. Si c'était le cas, que nous correspondions sur le ton de l'amitié ne te provoquerait pas d'insomnie. Et moi, je n'aurais pas cette déception poignante quand ma boîte aux lettres est vide. C'est tout autre chose qui passe dans nos écrits et qui risque de nous faire beaucoup de mal.

Ces quelques lettres que nous venons d'échanger mettront un joli point final à ce qui a été entre nous. Nous allons finir sur une note de sagesse.

Je pourrais de demander pardon de cette intrusion inopinée dans ton quotidien, mais je n'en ai pas envie. J'ai pu mesurer ce qui reste encore de cette belle histoire qui nous est arrivée. Refermons la boîte avec une jolie faveur nous pourrons l'ouvrir à nouveau quand nous serons vieux pour raconter notre histoire à nos petits enfants. Nous aurons alors la paix de l'âme et du cœur. Retourne à ta vie et tout ira bien. Je continue la mienne.

Adieu.

Pascale.

Nancy, septembre 1984

Pascale,

Je te jure que j'ai essayé. Je pensais que tu avais raison, on ne refait pas le passé. Je me répétais que nous n'aurions rien à gagner en voulant le faire revivre. Tu avais raison aussi en disant que nous ne pourrions jamais être amis. La charge émotionnelle qui passe entre nous est toujours trop forte. Nous avons souffert, il en reste encore beaucoup de traces. Mais il reste encore plus de traces de cet amour qui nous a liés. Comment ai-je pu croire que cette histoire était bel et bien enterrée ? Je me rends compte, à présent, que j'ai vécu dans une sorte de déni perpétuel. J'aurais dû me méfier, j'avais besoin de beaucoup trop de force pour éviter de me laisser entraîner quand je pensais encore à toi.

Certes, nous avons mûri, nous n'avons plus la capacité de nous livrer corps et âme à nos sentiments sans réfléchir, tes scrupules le disent. Nous avons vécu, nous avons bâti. Nous avons acquis la réflexion, la sagesse, si l'on peut dire.

Pourtant ton premier élan en découvrant mon nom dans ton annuaire a été de m'écrire. Et moi, je n'ai pas été capable de lire ta lettre avec calme et recul. C'était un signe qu'il serait idiot de vouloir nier ? Tu aurais pu avoir juste un petit sourire ému en voyant mon nom, un petit pincement au cœur, j'aurais pu m'égarer quelques minutes dans le passé en lisant ta lettre, le replier et ne pas penser à te répondre. Mais non, tu m'as écrit et je n'ai pas pu m'empêcher de te répondre.

J'ai essayé de remiser tout ça dans le grenier de ma mémoire avec les souvenirs de nos dix-huit ans. J'ai voulu gommer cet émoi qui m'avait envahi en te lisant. Je suis parti en vacances en famille dans notre maison du Morbihan. J'ai inventé des tas de trucs et astuces pour me permettre de retrouver la sérénité de nos vacances passées. J'ai même essayé le paddle et la planche à voile, ce qui m'éreintait, car je ne suis plus le sportif que j'ai été, je pensais que ça me faisait du bien, que ça m'empêchait de penser. Dès que je me retrouvais le soir dans le noir, je ne pouvais plus retenir mes pensées qui volaient inexorablement vers toi.

Je dois aujourd'hui le reconnaître, j'ai échoué lamentablement. Je te voyais partout. Je pensais sans cesse à ta dernière lettre. Comme un idiot, j'avais emporté tes lettres en m'interdisant bien de les relire. J'étais comme le drogué qui veut se sevrer et se prouver qu'il en est capable en ayant toujours sur lui une dose. Je n'ai pas tenu. Il y a toujours le moment où le drogué ne peut plus tenir. J'avais envie de crier : non, c'est impossible, tu ne peux pas disparaître encore de ma vie. Je me souviens fort bien que la dernière fois, tout était de ma faute, je ne voudrais pas commettre la même erreur une fois encore. Je n'ai rien à te donner, je n'ai rien qui puisse t'apporter une quelconque raison d'être heureuse. Je ne suis pas en position de te réclamer quelque chose, mais je voudrais que tu m'écrives encore. Quelle que soit la forme que tu voudras donner à notre relation épistolaire, j'accepterai, mais écris-moi.

La drogue a agi, plus de réflexion, je me suis enfermé dans mon bureau et je continue à me shooter à l'encre, avec ces mots qui te sont destinés. Je ne sais pas comment tu vas les recevoir. Je m'en excuse à l'avance.

C'est si bon, de me dire que tu vas les lire, mes mots. Du moins je l'espère. Tu seras peut-être plus courageuse que moi et tu jetteras cette lettre sans l'ouvrir. J'ai à la fois peur que tu le fasses et je serais soulagé si tu t'y résolvais. Ce serait douloureux, mais comme toujours je me serais montré lâche et toi la plus forte. Tu l'as toujours été.

Alain.

Aix-en-Provence, septembre 1984.

Alain,

Non, je ne suis pas plus courageuse que toi, la preuve !

Je viens juste de reprendre les cours après avoir déménagé. Nous avons vendu la maison. Je me sentais un peu déprimée. Cette maison avait abrité ma vie pendant dix ans. Je dois m'habituer à un appartement. Appartement assez joli, je dois le reconnaître, dans un quartier chic d'Aix, mais je m'y sens étrangère. Tout ça n'a pas d'importance, j'essayais juste de prendre le ton de la conversation épistolaire, celui que j'aurais dû avoir depuis le début. Enfin, c'est ce que je croyais.

Et puis, ta lettre ! Qui m'a tout d'abord contrariée, je dois te le dire honnêtement. J'avais moi aussi beaucoup de mal à refouler l'envie de t'écrire. Il m'arrivait souvent d'être déçue en découvrant le contenu de ma boîte aux lettres. Tout en me disant que c'était très bien ainsi. Pendant les vacances, je suis restée ici, car j'avais beaucoup à faire avec les papiers du divorce, de la vente, la recherche d'un appartement et mon déménagement à organiser. Ma fille était partie avec son père. J'étais seule dans une ville inondée de touristes. Je n'ai jamais beaucoup aimé cette ville, mais tout ce qui m'arrivait n'était pas fait pour arranger les choses. J'avais envie soudain de partir à l'autre bout du monde dans un pays où je ne parlerais pas la langue, loin de tout pour oublier tout ce qui me tracassait, en particulier cette relation que nous ne parvenons pas à définir, à laquelle nous ne parvenons pas à mettre un terme.

Je ne voulais pas me l'avouer, mais je traînais une mélancolie qui, en fait, n'avait pas grand-chose à voir avec le départ de ma fille, mes papiers et mes cartons. Je l'expliquais ainsi et j'essayais de la refuser, cette mélancolie que je ne voulais pas voir. Car je savais, tout au fond de moi, quelle en était la cause. La vue de cette enveloppe a fait exploser les vannes. J'étais enfin face à moi-même et forcée de le reconnaître, ce qui me manquait, c'était toi.

Je me sens toujours assez mal, je n'ai pas le beau rôle dans cette histoire. Moi, je n'ai rien à perdre. Je ne suis plus en couple et mon ex-mari est un ami. Tandis que toi, tu joues avec le feu. Je n'ai aucune envie de jouer le rôle de briseuse de ménage, c'est contre mes valeurs.

Je te dis tout ça, c'est vrai j'ai l'air de te faire la morale, mais je tremblais aussi en lisant ta lettre et ce n'était pas de froid. Je m'étais mise à pleurer et je ne pouvais plus m'arrêter. Je ne sais pas si c'étaient des larmes de joie ou de peur. La moindre ligne de toi me transporte et me donne une joie immense, mais il y a aussi la peur en voyant ce que j'ai fait. Je m'en veux toujours autant.

Qu'est-ce qui fait que nous manquons de volonté à ce point-là ?

Pascale.

Nancy, septembre 1984.

Pascale,

Je ne m'attendais pas à ce que tu me répondes si vite. J'avais même très peur que tu ne le fasses jamais.

Qu'est-ce qui fait que nous manquons de volonté à ce point-là ? Je crois que c'est inutile de poser la question. Nous ne sommes pas maîtres de nos sentiments. Ces deux mois de silence entre nous ont été éclairants pour moi. Je ne voulais plus te savoir hors de ma vie. Je respirais à nouveau en pensant que tu ne m'avais pas oublié. Je n'irai pas jusqu'à dire que j'ai été si malheureux pendant toutes ces années vécues sans toi. Au début, j'en ai bavé. Faire son deuil n'est pas facile surtout quand il s'agit de faire son deuil d'un premier amour. Les filles passaient sans que je les retienne, j'étais même parfois un vrai goujat, je souffrais qu'elles ne soient pas toi et je leur en voulais, pauvres innocentes ! Jusqu'au jour où j'ai rencontré ma femme. Le temps avait fait son œuvre et la peine s'était estompée. Je pouvais vivre avec, elle m'a aidé.

J'ai rencontré Françoise, je l'aime et nous étions heureux ensemble. Tu vois, c'est plus fort que moi. Sans m'en apercevoir, j'ai écrit « étions » au lieu de « sommes ». Oui, j'étais heureux, mais tout au fond de moi, il manquait quelque chose. Je n'en étais pas vraiment conscient ou je ne voulais pas l'être, va savoir ! Tu vas peut-être me dire que c'était ma jeunesse qui me manquait. Je n'en suis pas si sûr. J'ai eu clairement la conscience de ce qui me manquait quand j'ai reçu ta lettre. Si j'étais heureux, c'est surtout parce que je voulais être heureux. Je ne vais pas me mettre à cracher dans la soupe. Françoise est parfaite pour moi. Il me manquait simplement ce petit souffle qui vous donne l'impression qu'on est capable de franchir les montagnes. Je te vois rire, je n'ai pas eu le courage de franchir cette colline qu'était notre séparation. Pourtant, je te jure que c'est ce que je ressentais avec toi. Avec toi, mais pas sans toi.

Ce n'est peut-être pas très clair, ce que je te dis, j'ai encore du mal à exprimer ce que je ressens.

Je n'ai pas envie de tout foutre en l'air, mais je suis terrifié à l'idée que tu pourrais encore disparaître totalement.

Je ne sais pas ce que je veux. Je suis certainement lâche, mais ça, tu le sais déjà. Je l'ai toujours été, ce n'est pas toi qui diras le contraire. J'ai toujours tout fait pour le cacher, mais tu me connais mieux que personne. Tout ce que je peux te dire c'est que chacune de tes lettres est une bouffée d'oxygène pour moi qui vivais en apnée sans le savoir.

Je n'ai rien à te demander, rien à te proposer. Je peux seulement te dire que sans toi, je ne me reconnais pas.

Alain.

Aix-en-Provence, octobre 1984.

Alain,

Je comprends ce que tu me dis. J'ai eu, moi aussi, l'impression de vivre heureuse avec mon mari et ma fille. Je me suis pourtant rendu compte assez vite que mes sentiments pour lui n'avaient rien à voir avec l'amour que j'avais connu avec toi. Je l'aimais, aucun doute là-dessus, mais c'était un amour calme, serein, je dirais même lénifiant. Un amour qui avait mis du baume sur mes blessures (tiens, ça me rappelle quelque chose, il est des phrases que l'on n'oublie pas). J'en avais grand besoin. Je me contentais de cet amour qui me faisait du bien. Malheureusement, il n'a pas suffi, il n'était pas assez fort pour supporter les aléas de la vie. Je serai toujours reconnaissante à Régis de m'avoir permis de me reconstruire et de m'avoir donné ces belles années. Nous nous sommes quittés sans regret et je sais que je pourrai toujours compter sur lui. Il m'a avoué qu'il avait toujours senti que je ne lui appartenais pas totalement. Il ne m'en veut pas, c'est un type très bien. C'est vrai que je ne lui appartenais pas comme il l'aurait voulu, l'aurait mérité. Je croyais de bonne fois avoir tourné la page, mais je me trompais, il y avait toujours, quelque part, un fantôme qui ne me lâchait pas : toi. Et il était coriace, ce fantôme !

Je n'irai pas jusqu'à te dire que c'est de ta faute si je n'ai pas réussi à rendre Régis heureux. Il y avait aussi, sûrement d'autres choses, mais je préfère ne pas approfondir.

Pour en revenir à nous, je ne vois pas du tout où on va. C'est bien beau tout ça. Ces liens qui recommencent à nous relier, mais il y a tellement de choses qui nous empêchent de les couper ou de les resserrer. Il nous faut peut-être prendre encore du temps pour réfléchir. Parlons-nous, soyons honnêtes et attendons que la lumière se fasse. C'est peut-être une grave erreur que nous commettons, mais nous ne pourrons jamais vivre tranquillement si nous n'essayons pas de laisser les choses se faire à leur rythme. Ne soyons pas impatients. Nous ne sommes pas encore si vieux, nous avons tout le temps. N'allons pas nous précipiter vers l'irréparable !

Ce serait dramatique si nous nous trompions.

Pascale.

Nancy, novembre 1984.

Pascale,

Réfléchir, je ne fais que ça, à m'en rendre fou. Je n'ai jamais été quelqu'un d'impulsif, j'ai toujours eu besoin de temps pour voir venir et prendre des décisions, c'est justement par là que j'ai péché.

Hier soir, après avoir expédié tous mes dossiers, j'ai éprouvé le besoin de rester seul dans mon bureau. Dans le calme de la nuit déjà tombée, j'ai éteint les lumières. Seul le lampadaire de la rue me permettait de ne pas être plongé dans le noir. Je me sentais bien. Alors me sont apparues des visions anciennes.

C'était la rentrée au lycée. Tout au plaisir de retrouver les copains, je me sentais le roi du monde. Jusqu'à ce que je jette un œil du côté des secondes. Nous, les premières, les considérions comme des bébés. La plupart étaient perdus dans ce grand établissement qui leur semblait immense. Dans le tas, mes yeux se sont arrêtés sur toi. Tu semblais encore plus perdue que les autres, seule, il n'y avait personne proche de toi. J'ai ressenti une envie subite d'aller vers toi pour te guider, te rassurer. Je ne l'ai pas fait. Qu'auraient dit mes copains? On est idiot quand on a seize ans. Tu as disparu dans le flot des élèves de ton niveau. J'avais presque oublié cet épisode. Plus tard dans l'année, je t'ai croisée dans un couloir. Tu n'avais plus l'air perdue. Tu étais avec ton amie Brigitte et vous étiez en train de rire. Tu ne m'as pas vu. Je t'ai regardée t'éloigner avec un vague sentiment que c'était grave que tu disparaisses comme ça. Les jours passaient et je pensais à toi quelques fois. Puis, je me suis mis à te chercher dans les couloirs du lycée ou dans la cour. Je te voyais de temps en temps avec une furieuse envie d'aller vers toi pour te parler. Je ne l'ai jamais fait non plus. Je me demande encore pourquoi. Je n'étais pas un garçon timide, mais tu m'intimidais.

Pendant les grandes vacances qui ont suivi, je pensais encore très souvent à toi. Je me traitais d'idiot. Comment peut-on être ainsi obnubilé par une fille qu'on ne connaît même pas ? J'attendais la rentrée avec impatience. J'étais sorti, entre temps avec plusieurs filles, mais je trouvais toujours qu'il leur manquait quelque chose. Je le faisais surtout pour me prouver que je pouvais plaire. Je plaisais, mais elles ne me plaisaient jamais assez pour que j'en garde une.

Le jour de la rentrée, je me suis précipité pour guetter les rangs des premières. Tu étais là, toujours avec ta copine. Cette fois tu avais pris de l'assurance. Tu étais décontractée et encore plus jolie. Je me disais : cette fois, je vais y aller, je vais lui parler, lui demander de sortir avec moi. Je ne l'ai encore pas fait. Je n'ai jamais été gêné avec les filles, mais cette fois quelque chose de puissant me retenait. Blocage total. Je sais maintenant que c'était une peur panique d'être rejeté. Toi, tu ne te doutais de rien. Chaque fois que je faisais en sorte de me trouver sur ton chemin, tu passais sans vraiment me remarquer. J'étais désespéré. Je m'étais confié à Michel qui s'était bien entendu moqué de moi. « Toi, le Don Juan, du lycée, tu te meurs d'amour pour une première ! » Mais il avait bon cœur et il m'aimait. Il n'a pas insisté, il trouvait ça marrant. Sans rien me dire, il est allé te trouver et t'a demandé, en mon nom, de sortir avec moi. Il était tellement heureux et fier de venir me dire que l'affaire était faite, que tu avais accepté sa proposition. Tu connais la suite.

Je n'ai jamais eu le courage de te raconter ça. Tu as toujours cru que je venais de te découvrir et que j'étais trop timide pour te parler moi-même. Je ne t'ai jamais dit que ça faisait plus d'un an que j'étais amoureux de toi. Maintenant, ça fait plus de dix-sept ans que tu es dans la " cour " de ma vie. Je repensais à tout ça de temps en temps, mais je n'avais plus d'espoir de te voir au détour d'un couloir. J'ai laissé passer le temps et j'ai remisé mes sentiments au fond de mon vieux cartable.

C'est une bien longue lettre que je viens de t'écrire. J'avais besoin de te raconter tout ça. Ce n'est peut-être pas important, je ne sais pas. Je te laisse seule juge.

Alain.

Épinal, novembre 1984.

Ma chère Pascale,

Ça fait un moment que je n'ai plus de tes nouvelles. C'est vrai, avec ton divorce et ta nouvelle vie de célibataire, tu as dû être très occupée. Je n'ai pas écrit non plus, car en ce moment je suis débordée. Avec mes trois gamins dont deux abordent l'adolescence et pas du meilleur côté, je ne sais plus où donner de la tête. Toi, tu as encore le temps de voir venir avec ta fille. Profite des bons moments, on ne sait jamais comment ça peut tourner.

Raconte-moi, un peu, tu sais que tu peux toujours venir pleurer sur mon épaule si tu as un coup de déprime. Je te sais solide, mais on a toutes nos limites. Un divorce n'est pas rien même si c'est à l'amiable. Je l'aimais bien, Régis. Je trouvais que vous alliez très bien ensemble. L'annonce de votre séparation m'a surprise.

Et puis, je ne sais pas pourquoi, mais dans tes dernières lettres, je t'ai sentie préoccupée. Tu ne cacherais pas quelque chose à ta meilleure amie par hasard. Tu sais que j'ai un flair infaillible pour sentir quand tu ne vas pas bien. J'attends des explications et très vite !

Il faut que je te raconte. Je ne sais pas si je fais bien. Je pense quand même qu'il y a prescription. Samedi dernier, je suis allée faire quelques courses à Nancy. J'y vais de moins en moins, il n'y a plus de stationnement et la circulation est infernale. On est quand même plus tranquille à Épinal. Bref, tu sais sur qui je tombe. Enfin, façon de parler, je n'ai pas trébuché. Sur Alain, ton Alain, enfin celui qui a été ton Alain. Tu sais que je m'en suis toujours voulu de l'avoir dénoncé. Tu ne m'en as jamais reparlé. J'ai été un peu rassurée en voyant que tu me considérais toujours comme ton amie. N'empêche, c'est à cause de moi que vous avez rompu. Je sais vous étiez si loin l'un de l'autre, mais je ne voudrais pas me trouver d'excuses. Donc, je sortais de la gare, et arrivait, en face de moi, un grand type, super sapé, une sacoche d'ordinateur à la main. Je l'ai tout de suite reconnu. Lui aussi, il est venu vers moi. On aurait dit qu'il était heureux de me voir. Ça m'a surprise. Comme il allait prendre son train, nous n'avons échangé que quelques mots. Il est toujours aussi charmant. Il ne m'a pas parlé de toi. Et je me suis bien gardée de le faire. C'était bizarre, on aurait cru qu'on cherchait à l'éviter tous les deux. En tout cas, il ne m'en a pas voulu non plus de ce qui s'était passé ou alors, il a oublié. Je me suis demandé pourquoi il était venu me parler, les seules relations qu'on avait pu avoir ne passaient que par toi.

Voilà toute l'histoire. J'espère que je n'ai pas réveillé en toi de mauvais souvenirs. Si c'est le cas, pardonne-moi.

Ton amie qui t'aime.

                    Brigitte.

Aix-en-Provence, décembre 1984.

Alain,

Je me suis vraiment amusée à la lecture de ta lettre. Oui, elle m'a amusée, mais aussi émue. On ne se replonge pas impunément dans ses souvenirs. J'étais, moi aussi dans la quasi-obscurité. J'aime me blottir dans mon grand fauteuil le soir avec juste une petite lampe, j'attends toujours ce moment, en fin de journée pour me délecter de tes écrits. Je me suis aussitôt retrouvée dans les longs couloirs, les escaliers majestueux du lycée. Je les vois encore et la cour, et toi !

Je pourrais, moi aussi, te raconter que pendant que tu te morfondais et que tu me cherchais dans les couloirs du lycée, je faisais en sorte que tu me trouves. Peut-être pas le jour de la rentrée en seconde, j'étais effectivement terrifiée, mais très peu de temps après, j'avais remarqué ce beau jeune homme un peu trop sûr de lui. Seulement, je ne pouvais pas imaginer qu'il puisse s'intéresser à une petite seconde insignifiante. Je te regardais de loin quand je te voyais et je fantasmais. Je ne pouvais pas croire que mes rêves puissent se réaliser. Si tu me trouvais indifférente, c'est que je paniquais à l'idée que tu puisses voir que je bavais d'envie devant toi, que j'étais terrifiée à l'idée que tu te moques de moi.

J'attendais sans attendre et surtout sans espoir. Quand Michel est venu me demander si je voulais sortir avec toi, j'ai tout de suite pensé que c'était un jeu entre vous : à celui qui séduirait une première. J'ai bien failli dire non. Mais j'ai pensé que ce serait peut-être un moyen de t'approcher. Je verrais bien alors si tu te moquais de moi ou non. Je ne voulais pas passer à côté de la plus petite chance. Je m'étais armée contre la souffrance que tu pourrais me faire en me disant que même si c'était le cas, j'aurais quand même tenté.

Tu vois, moi aussi, j'avais pensé à toi pendant tout ce temps. J'avais même refusé toutes les propositions des autres garçons. Je pensais qu'il serait encore temps d'envisager de sortir avec l'un d'eux s'il n'y avait rien de possible entre nous. Tu croyais que je ne te voyais pas, je ne voyais que toi. C'est drôle que nous n'en ayons jamais parlé, amis nous avions d'autres choses à nous dire et d'autres choses à faire. Imagine, si Michel n'en avait rien eu à faire de nous, tu ne serais jamais venu vers moi et nous n'en serions pas là aujourd'hui. Aurait-ce été une bonne ou une mauvaise chose ? Nous serions plus tranquilles à présent, mais qu'est ce que nous aurions perdu !

Je viens de recevoir une lettre de Brigitte. Elle me raconte votre rencontre. Je ne lui avais pas parlé de nos « retrouvailles ». Elle a été très surprise de te voir venir vers elle. Elle disait que tu es toujours aussi charmant. Si tu savais l'envie que j'ai de te voir. Mais j'ai aussi très peur. Je n'ose même pas te téléphoner. Je ne sais pas comment je réagirais en entendant le son de ta voix. Je constate qu'il en est de même pour toi, tu ne me l'as pas proposé. Avec mon stylo, sur le papier je me sens plus libre, plus à l'abri. Il me faut encore du temps avant de quitter cet abri.

J'ai eu tout à coup, en t'écrivant cette lettre, le sentiment que l'on continuait à jouer à cache-cache dans les couloirs du lycée. Sauf que cette fois, le jeu est plus dangereux.

Pascale.

Aix-en-Provence, décembre 1984.

Ma très chère Brigitte,

Si je te disais la cause de mon si long silence, mais je vais te la dire puisque tu es ma meilleure amie et ma confidente de toujours.

C'était, il y a quelque temps, en février, plus exactement, je cherchais un avocat pour mon divorce. Je parcourais la liste des avocats de Bouches-du-Rhône et soudain, sans crier gare, une pensée m'a traversé l'esprit. Une pensée, tu l'as deviné qui avait pour nom : Alain. Non pas que je veuille le prendre comme avocat, je ne savais même pas s'il l'était devenu. Il n'était encore qu'en deuxième année de droit quand nous avons cessé toute relation. C'était plus fort que moi, j'avais une envie folle de savoir ce qu'il était devenu. Tu vas me dire : après toutes ces années, mon mariage, ma maternité, pourquoi aller remuer tous ces vieux souvenirs, la plupart douloureux ? Tu vas mettre ça sur le compte d'une certaine faiblesse occasionnée par ma séparation d'avec Régis. C'est possible, mais cette envie devenait de plus en plus irrépressible. J'aurais pu en rester là, mais tu me connais, je suis la reine des bourdes. Alors j'ai cherché dans l'annuaire des Vosges puis celui de la Meurthe-et-Moselle. J'aurais fait la France entière. Je l'ai trouvé, à Nancy et... je lui ai écrit ! J'ignorais s'il allait me répondre. Je le redoutais même. Il m'a répondu. Et depuis nous entretenons une correspondance. Ce qui explique que, quand il t'a vue l'autre jour à la gare, il est allé te parler. Il pensait certainement à moi quand il t'a aperçue.

Ne me demande surtout pas si nous avons renoué. Il est marié, père de famille et je n'ai pas l'intention de mettre sa vie en l'air. Ne me demande pas non plus ce que j'attends de ces courriers échangés ni ce qu'il attend, lui. Nous n'en savons strictement rien. Après avoir simplement repris contact et connu sa situation, j'ai voulu cesser toute correspondance. Je sentais que nous nous égarions dans des sentiers scabreux. Que veux-tu, on ne revisite pas son passé, et quel passé, impunément ! Deux mois après, c'est lui qui écrivait à nouveau. Depuis le mois de février, nous pataugeons dans le marais de nos questionnements. Nous réfléchissons, du moins nous essayons. Nous ne sommes plus des gamins, mais on dirait que nous le sommes redevenus. Envolée la maturité et la sagesse que nous aurions dû acquérir avec l'âge.

N'essaie pas de me donner des conseils, non pas que je doute de ta capacité à m'en donner, mais je suis pratiquement certaine de ne pas les écouter. Certains jours, je me lève avec la ferme intention de mettre un terme à tout ça, à cette situation qui me perturbe au plus haut point, à cette folie sans nom. Je me sens assez forte pour le faire. Malheureusement ça ne dure pas et je me remets à attendre ses lettres et y répondre. Nous ne nous écrivons pas tous les jours, mais je sais que nous pensons un peu trop souvent l'un à l'autre.

Voilà, ma chère Brigitte, dans quel état tu me vois. Je souriais en voyant tes doutes quant à me raconter ta rencontre avec Alain. Nos longues conversations me manquent. Bien sûr, il y a le téléphone et nous ne nous en privons pas, mais ce n'est pas pareil. Je tiens aussi à cet échange de lettres un peu suranné, mais c'est toujours une telle joie d'ouvrir l'enveloppe et de lire tranquillement ce que nous avons à nous dire. Puis penser à ce que nous allons répondre. C'est plus lent, plus long, mais beaucoup moins impersonnel.

Laure va aller passer Noël chez son père, je serai seule, j'espère ne pas faire de folies. Écris-moi vite, j'ai besoin de compagnie, même virtuelle, je n'ai jamais autant regretté d'être si loin de toi.

Je t'embrasse.

Ta folle amie, Pascale.

Nancy, décembre 1984.

Pascale,

Je me doutais bien que tu étais un peu sournoise. Alors, comme ça tu rêvais du Prince charmant et c'était moi ! Et tu ne le disais pas ! Tu te rends compte, le temps que nous avons perdu ! Sérieusement, je pense que c'est tout ce temps que nous avons passé à jouer au chat et à la souris qui nous a fait nous rendre compte de la solidité de nos sentiments. Solidité qui se confirme encore aujourd'hui. Si nous en sommes là, à nous écrire, c'est que tout n'a pas été détruit parce que les bases tenaient malgré tout. Je me lève le matin, je pense à toi, je me couche le soir et je pense encore à toi. Paradoxalement, je me sens soulagé d'être loin de toi. Non pas que je n'ai pas envie de te revoir en chair et en os, mais je crève de peur. Je me sens tomber sans pouvoir me retenir dans quelque chose d'obscur. C'est si difficile à exprimer. Je sens que je ne maîtrise plus rien. Tant que je te sais loin, je suis encore en haut de la pente. Je pense à toi, je suis heureux. Je sais que je devrais me livrer à une grande introspection et remettre en cause ma vie actuelle et ça me terrifie. Je me sens lâche et incapable. Lorsque j'ai vu Brigitte, l'autre jour, c'est un peu comme si je te voyais. J'étais bouleversé. Il fallait que j'aille lui parler. Je ne savais pas quoi lui dire. Heureusement que mon train m'attendait sinon, elle m'aurait pris pour un idiot. Je faisais tout pour ne pas lui parler de toi et pourtant, j'en mourrais d'envie. Je ne pense pas qu'elle aurait approuvé ce que nous faisons en ce moment. Toute personne saine d'esprit n'approuverait d'ailleurs pas.

Quand je suis en face d'un client et que je lui explique ma stratégie de défense pour lui, je vois dans ses yeux une sorte d'admiration. Il me trouve très bon dans l'analyse des faits et de leur signification, ma façon de les exposer, la pertinence de mon raisonnement. Pourquoi est-ce que je suis parfaitement incapable d'organiser deux idées quand je pense à cet imbroglio dans lequel nous nous débattons? Tu vas me dire que c'est plus facile quand il s'agit des autres et que l'on n'est pas impliqué émotionnellement. Il n'empêche que si mon client voyait l'état de mon cerveau en ce moment, il s'enfuirait à toutes jambes pour aller consulter un confrère.

Tu as raison, c'est bien plus facile de s'exprimer par écrit même si ce que je dis n'est pas toujours très clair. Je rabâche toujours les mêmes choses. Je cherche les mots et quand je les ai posés, j'ai l'impression qu'ils ne veulent pas dire ce que je voulais exprimer. Je suis bloqué au niveau zéro de l'introspection. Je ne peux pas creuser, car je pressens le danger. Malgré tout, je sais que je ne te dirais pas la moitié de ce que je t'écris si tu étais en face de moi. Non, pour moi, tout n'est pas clair, je tourne en rond et j'enrage.

Une seule chose est claire : je ne veux pas que tu disparaisses encore de ma vie. Je te l'ai déjà écrit, je le répète, car c'est le plus important pour moi.

Alain.

Épinal, décembre 1984.

Ma chère Pascale,

J'ai une idée. Les vacances de Noël commencent lundi, pourquoi ne monterais-tu pas passer Noël avec nous? Jean-Marc content lui aussi et les enfants, tu peux imaginer. Quand je leur en ai parlé, les gamins ont hurlé de joie à l'idée de revoir Tata Pascale, comme ils t'appellent. Je ne voudrais pas que tu passes cette fête toute seule. Et puis on aura tout le temps de bavarder de tes mésaventures sentimentales.

Il se passe si peu de choses excitantes dans ma vie bien rangée de mère de famille que ce serait une bénédiction. On se rappellerait le bon vieux temps du lycée. J'en garde un si bon souvenir, surtout celui de notre amitié.

J'ai un peu hésité à te faire cette proposition, non pas que je ne brûle pas d'envie de te voir, mais je te vois venir, tu te dis : Épinal, Nancy… Alain. Je craignais de te tendre la perche pour te précipiter dans une bêtise fondamentale. D'après ce que tu me dis, c'en serait certainement une si vous décidiez de vous revoir.

Mais je ne suis pas toi et je n'ai pas à t'influencer. Tu es grande et apte à prendre tes décisions toute seule. Fais comme tu veux.

Je te promets, pas de conseils, pas de psychanalyse, rien qu'une bonne dose de tendresse amicale. J'attends ta réponse avec impatience.

Je t'embrasse très fort.

Brigitte.

Aix-en-Provence, décembre 1984

Alain,

J'ai longtemps hésité à te le dire, j'ai accepté l'invitation de Brigitte à venir passer Noël chez eux. Je suis seule et elle a eu pitié de moi. Il y a si longtemps que je ne suis pas retournée dans les Vosges. Brigitte et sa famille sont venues souvent passer les vacances dans le sud, mais je n'étais jamais allée chez eux. Je n'avais guère de raison de remonter. Je craignais certainement les souvenirs qui resurgiraient. Maintenant qu'ils ont refait surface, je suis contente de faire ce voyage, contente aussi de quitter Aix ne serait-ce que pour quelques jours. S'il n'y avait pas ma fille que je ne veux pas éloigner de son père, je ne pense pas que je resterais ici. Je ne m'y suis jamais plu. Sans doute parce que j'y suis arrivée dans les circonstances que tu connais et l'état dans lequel j'étais en arrivant. Les années n'ont pas chassé l'aversion que j'avais eue dès le départ pour cette ville. Je ne sais pas, aujourd'hui, si je retournerais dans l'Est, mais je suis sûre que je ne resterais pas ici.

Je te lis avec toujours autant de plaisir. Je mets, moi aussi, un frein à mon imagination. Je me contente de goûter à tes mots. Pas tant pour ce qu'ils disent, mais parce qu'ils viennent de toi. Je te vois en train d'écrire, je vois ton visage concentré, c'est celui que j'ai connu, je ne sais pas ce qu'il est devenu, je vois ta main, ton stylo qui court sur la feuille. Je te sens alors si proche de moi. J'aurais envie que tu m'écrives des pages et des pages, même si tu devais me recopier le dictionnaire pour que je passe des heures à contempler ton écriture, à te lire et te relire.

Puis, je prépare mon rituel pour te faire réponse. Je me fais un thé, je m'installe confortablement à mon bureau, je laisse vagabonder mon esprit et mon stylo sur le papier. C'est un moment d'immense bien-être. J'ai envie que tous mes mots soient beaux, soient ceux que tu attendais. Je ne sais pas, alors, si je vais atteindre mon but, j'essaie seulement. Est-ce que tu sens tout ce que j'ai envie de te dire ? Je pourrais t'écrire pendant des heures ? Ça ne voudrait plus rien dire, mais j'aurais encore la sensation de t'avoir rejoint là où tu es.

Pour l'instant au lieu de te dire des bêtises, je ferais mieux de m'occuper de la pile imposante de copies que j'ai à corriger. Je dois donc poser le mien de stylo.

C'est bizarre, on ne sait toujours pas comment mettre une formule adéquate à la fin de nos lettres. Est-ce un signe de quelque chose ?

Pascale.

Aix-en-Provence, décembre 1984.

Ma très chère Brigitte,

C'est avec un grand plaisir que j'accepte ton invitation. Je redoutais de passer ces fêtes seule, surtout Noël, cette fête de famille. Depuis que mes parents sont décédés, nous passions toujours Noël chez mes beaux-parents. J'ai préféré que Laure passe Noël chez ses grands-parents au sein d'une famille plutôt que seule avec moi. Je suis triste, mais je veux d'abord penser à elle. Mon frère est toujours au Canada, je pense qu'il ne rentrera pas de sitôt. Il se pourrait même qu'il se marie là-bas. Il serait temps qu'il se pose.

Je t'appellerai pour te dire quand je compte arriver. Je n'ai pas envie de faire la route en voiture. Seule, ce serait trop long. Je prendrai le train.

Tu ne peux pas savoir la joie que je me fais de te revoir ainsi que ta petite famille. Encore merci pour ton invitation, tu me sauves.

J'ai fait part à Alain de mon séjour dans les Vosges, mais sans rien ajouter. Comme tu t'en doutes, je meurs d'envie de le revoir même si c'est une monumentale erreur, mais ce n'était pas à moi à le proposer. Il n'y aura peut-être pas de rencontre s'il ne le souhaite pas. Si ça vient de lui, par contre, je n'aurais jamais la force de résister. Il faut parfois prendre des risques. Pourquoi ? Ne me le demande pas, je n'en sais rien. J'ai complètement régressé depuis un moment, je me sens aussi idiote qu'une adolescente et je n'ai plus connu ça depuis 1969. C'est à la fois navrant et excitant.

En tout cas ce n'est pas pour ça que j'ai accepté ton invitation. Même s'il n'y avait pas eu ça, j'aurais sauté de joie à cette idée.

Je te raconterai tout, je te promets. Et je ne te ferai grâce de rien. Je connais ton infinie patience que j'ai jadis mise à rude épreuve. J'ai tellement besoin de parler à une âme extérieure dotée d'une oreille compatissante.

En attendant, je t'embrasse bien affectueusement.

Pascale.

Nancy, décembre 1984.

Pascale,

Je n'ai pas rêvé, tu as bien écrit que tu allais venir passer Noël dans les Vosges. J'ai failli avoir une crise cardiaque. Je n'aurais jamais osé te demander de venir par ici. J'ai tellement envie de te voir ! Serait-il possible que nous puissions passer un petit moment ensemble ? Je comprendrais très bien que tu refuses. C'est peut-être encore trop tôt. J'ai conscience qu'une rencontre présente des risques nombreux pour tous deux. Te savoir si près sans pouvoir te revoir, je ne peux pas l'imaginer.

Quand je dis te revoir, je ne veux pas dire plus. Tu vas me dire que ce ne serait pas raisonnable. Je te répondrais que si j'ai des idées derrière la tête, et j'en aurai certainement - j'en ai déjà rien qu'à lire tes lettres - je suis parfaitement capable de ne pas en tenir compte. J'ai beau me dire que je serais bouleversé, je suis tout de même certain de pouvoir me tenir. Je ne voudrais surtout pas gâcher ce qu'il y a entre nous en te mettant dans une mauvaise situation.

Ça pourrait aussi être bénéfique. Nous retrouver l'un en face de l'autre nous ferait peut-être nous rendre compte qu'il ne se passe rien de ce que nous redoutons. Nous échauffons peut-être nos esprits avec tous ces mots. La réalité pourrait être toute autre. Tu pourrais par exemple me trouver si quelconque que tu te demanderais pourquoi tu ne m'as pas oublié tout de suite. Tu pourrais même te reprocher d'avoir mis le doigt dans cet engrenage pour un mec qui n'en valait pas la peine. Quelquefois, on fait tout pour que ce que l'on veut garder d'une chose qu'on considère comme exceptionnelle le reste, on enjolive, on brode sur un souvenir trompeur, car il n'y a rien de si traître que les souvenirs qu'ils soient bons ou mauvais.

Bon, j'aurai essayé de te dissuader. Pourtant, c'est à mon corps défendant, car je serais plus que déçu si tu refusais de me voir. Je n'ose même pas l'envisager.

Nous pourrions nous retrouver dans un endroit public pour éviter tout malentendu. J'ai tellement envie de voir la femme que tu es devenue. J'espère ne pas trop te décevoir. J'ai encore tous mes cheveux et je n'ai pas tellement grossi. Malgré tout il serait possible que nous ne nous reconnaissions plus. Je n'oublie pas que la dernière image que nous avons gardée l'un de l'autre est celle des nos dix-huit ans.

À l'idée de respirer le même air que toi, je me sens pris de vertige. C'est comme le grand huit, on meurt de peur, mais c'est si grisant. Je ne veux pas penser que nous ferions la plus grande bêtise de notre vie, je ne veux que penser au plaisir que j'aurais à t'avoir en face de moi pour de bon. Je pressens qu'il en est de même pour toi.

Je te laisse l'entière liberté de me dire oui ou non et, au cas où ce serait oui, de définir les modalités de cette rencontre. J'attends avec autant d'impatience que d'appréhension, ta réponse

Alain.

Aix-en-Provence, décembre 1984

Alain,

Comment pourrais-je te dire non ? Je ne suis vraiment pas rassurée. As-tu bien réfléchi aux conséquences éventuelles? Il est bien entendu que nous nous retrouverons en terrain neutre. Pas d'ambiguïté dès le départ. Je te propose Le Grand Jus, en souvenir d'un autre temps. J'espère qu'il est toujours là et que tu pourras venir à Épinal. Je t'appellerai pour te donner une heure. J'arriverai mardi, on pourrait se voir mercredi ou jeudi, selon tes possibilités. Je repartirai le 26. Je ne voudrais pas encombrer Brigitte trop longtemps. Je suppose que tu vas passer les fêtes en famille. À moins que tu aies décidé de partir à la neige.

Crois-tu vraiment que nous faisons bien ? Comme je te l'ai dit, moi je n'ai rien à perdre. Par contre je pourrais avoir beaucoup à souffrir s'il s'avérait que le fait de te retrouver en chair et en os fasse se rouvrir de vieilles plaies qui ne demanderaient qu'à se raviver. Je sais que moi aussi, je cours vers le danger et pourtant je ne peux pas m'en empêcher. Je ne me serais jamais crue aussi déraisonnable.

Je commence à faire des insomnies et quand je dors, je fais des cauchemars. Je me retrouve à dix-huit ans en train de pleurer, je te vois partir sans te retourner ou pire, je te vois mourir. Et quand je me réveille, je recommence à cogiter sur ce que je dois ou non faire.

Comme tu dis, c'est peut-être le moment de se confronter à ce que nous essayons en vain d'éviter et qui nous fait peur. Noircir du papier ne nous avance pas. Il est temps d'affronter le réel.

J'ai peur, mais je suis si heureuse. Je tente, de toutes mes forces, de ne pas imaginer ce qui va se passer. Je ne veux pas écouter cette voix maudite qui me murmure à l'oreille tout ce que mon cerveau échafaude. Je ne veux pas me laisser embarquer dans des rêves où nous… C'est pourtant ce que je fais quand je perds le contrôle et c'est souvent. Pourquoi n'avons-nous que si peu de pouvoir face à notre imagination ?

Pour finir et essayer de me rassurer, je me dis : laissons faire le destin, il ne nous a pas été trop favorable, il serait temps qu'il se rattrape et nous montre le chemin.

Pascale.

Nancy, janvier 1985.

Pascale,

Je crois que nous sommes fixées, du moins je le suis. Lorsque je t'ai vue entrer dans le café où je t'attendais, des années se sont effacées. Je me retrouvais exactement avec les mêmes manifestations physiques que lorsque je te voyais arriver, il y a quinze ans : la gorge nouée, le ventre serré et le cœur qui battait jusque dans ma tête. Je me demandais, paniqué, si j'allais réussir à dire un mot. J'ai remarqué que ton sourire en me découvrant n'était pas très sûr non plus. J'ai encore cette faculté de te deviner. Je ne me suis même pas demandé si tu avais changé ou non. Je ne le sais pas encore aujourd'hui, ça n'avait aucune importance. Tu as ôté ton manteau, tu t'es assise en face de moi, j'avais déjà perdu tous mes moyens, tous mes mots, un comble pour un avocat qui a fait des mots son métier. Je te regardais, fasciné et je revoyais cette petite élève de seconde égarée. Je retombais littéralement sous ton charme. La même alchimie se reproduisait. Tu redevenais la fille la plus importante pour moi. Je faisais de mon mieux pour cacher mes mains qui tremblaient. Je n'ai plus l'âge des mains qui tremblent.

Tu as toujours été plus rapide que moi, plus volontaire, tu t'es mise à parler. J'étais perdu, à nouveau sous ton emprise, une emprise qui me comblait. Qui comblait le vide que je ressentais si souvent dans ma vie. Il n'y avait plus rien entre nous qui puisse nous séparer.

Je n'avais alors, qu'une seule envie : te prendre par la main, t'emmener loin de cet endroit bourré de monde. En fait, il n'y avait pas plus de quatre ou cinq clients dans le café. Seulement pour moi, qui voulais t'avoir pour moi seul, ils formaient une foule indésirable. Mais je ne pouvais pas. Tu parlais de tout et de rien comme ceux qui ne veulent pas entrer dans le vif du sujet. Je t'écoutais, je te répondais, mais je sentais que ce n'était qu'une façade pour masquer ce qui nous secouait intérieurement. Nous ne voulions pas ouvrir les vannes. Ça nous faisait encore peur.

Je ne me lassais pas de regarder tes yeux, toujours aussi bleus, ta bouche, il n'y avait plus rien d'autre que ça. J'aurais voulu, à défaut de pouvoir t'emmener, que nous puissions rester là jusqu'à la fin de nos jours. J'ai compris tout de suite que ma vie ne pouvait plus se poursuivre sans toi. Nous ne nous étions pas trompés, à l'époque, nous étions faits l'un pour l'autre. Formule que j'ai toujours trouvée idiote jusqu'à ce jour où je l'ai ressentie au plus profond de moi.

Je ne sais pas combien de temps nous sommes restés là, juste à nous regarder et à nous parler. Il y avait aussi de grands moments de silence. Silence qui disait tout ce que nous ne voulions pas dire. Nous nous comprenions sans mots, je le sentais. Ton regard en disait long. Moi l'avocat et toi la littéraire, nous avions des silences qui parlaient. Quelquefois les silences sont trop forts pour être mis en mots. Il faut seulement les ressentir. Je me sentais flotter dans un autre monde. J'avais oublié où nous étions. J'étais dans un ailleurs peuplé seulement de toi et de moi.

Quand tu m'as dit que tu devais partir, je suis redescendu sur terre. Tu allais partir, me quitter là, comme ça ! Ce fut comme si tu me donnais un coup de poignard dans la poitrine. L'espace d'une seconde, j'avais perdu le souffle. Puis j'ai entendu : « je dois partir, mais nous n'en resterons pas là, je le sais maintenant. » Nous n'en resterons pas là, c'est certain.

Si je mourais d'envie de t'entraîner dans la première chambre d'hôtel, je savais que je ne le ferais pas et tu le savais aussi. Je ne veux pas m'imposer à toi en mari infidèle et honteux de l'être. Tu mérites bien mieux que ça. Je dois d'abord régler ma situation et venir vers toi, libre de t'aimer. Je redoute ce que j'ai à faire, mais ta pensée va me donner du courage. Il faut que je te mérite. Sois patiente. À présent, je sais ce que je veux et c'est toi. Je n'ai plus aucun doute.

Attends-moi !

Alain

Aix-en-Provence, janvier 1985.

Alain,

Heureusement que Brigitte avait prévu pour moi un programme d'enfer. Je n'ai guère eu le temps de cogiter après notre rencontre qui m'a aussi terriblement ébranlée. Quand je me suis retrouvée seule chez moi, je ne savais plus où j'étais. Je cherchais encore le petit crachin vosgien et le Grand Jus. Les images ne me quittaient pas.

Te voir, assis là, à la table de nos dix-huit ans, celle que tu choisissais toujours à l'époque parce que tu avais la place pour étendre tes longues jambes, j'ai moi aussi, fait un bond en arrière. Contrairement à toi, je me suis immédiatement fait la remarque que tu n'avais pas changé. La tenue, plus sophistiquée et un air un peu plus sérieux, mais toujours le même regard et le même sourire qui se reflétait dans tes yeux. J'ai retrouvé, moi aussi, l'état d'esprit dans lequel j'étais alors dès que tu étais près de moi : à la fois un trouble et une grande impression de bien-être, le sentiment d'être exactement à ma place. Tout rentrait dans l'ordre, je n'avais plus peur. Je trouvais tout normal, c'est ce qui aurait toujours dû être.

J'ai très bien compris ton désir de nous en tenir là, pour cette fois. Nous ne pouvions aller plus loin.

Pour moi, ça n'avait aucune importance. Je ne pensais pas à l'avenir, je n'avais envie que de goûter au moment présent. Ce moment que j'avais toujours attendu durant toutes ces années sans le savoir ou sans avoir voulu le savoir.

À présent que je suis au calme, à la maison, je mesure le manque. Maintenant, je sais que tu m'as toujours cruellement manqué et que c'est encore plus le cas aujourd'hui que je suis à nouveau si loin de toi.

Je sais ce que tu ressens par rapport à ta femme. C'est tout à ton honneur. Je ne voudrais pas qu'il en soit autrement et je te laisse libre d'agir selon ta conscience. Tu décideras ce qui est le mieux pour toi. Tu me demandes de t'attendre. Je suis toute disposée à le faire, tant que j'aurai de l'espoir, mais je te supplie de ne pas jouer avec mes sentiments. Si tu sens que c'est impossible pour toi de quitter ta vie, je te demande de me le faire savoir dès que tu auras pris ta décision. Je ne supporterais pas de faux espoirs. Je préférerais la douleur de te perdre encore une fois. Dans le cas où tu me ferais miroiter des choses tout en sachant qu'elles ne se réaliseraient pas, dès que je m'en apercevrais, je perdrais toute estime pour toi et la fin serait irrémédiable. Ce n'est pas une vaine menace. Je ne serai jamais ta maîtresse cachée, il faut que tu le saches.

Pascale.

Nancy, janvier 1985.

Pascale,

Je suis atterré. Décidément la vie ne me réserve que le pire. Je ne sais plus à quel saint me vouer. Pour un athée…

Juste après avoir écrit ma dernière lettre à mon retour de Metz où nous étions allés passer les fêtes de fin d'année chez les parents de Françoise, j'ai dû partir à Paris, un dossier compliqué. Je m'étais promis de parler à ma femme dès mon retour, elle était restée quelques jours chez ses parents. J'étais décidé, je m'étais préparé mentalement. Les plaidoiries, c'est mon rayon. Mais est-on jamais préparé quand c'est son propre procès qui se déroule ? J'étais coupable, je devais assumer et tenter de limiter les dégâts. J'étais prêt. Le mauvais rôle était pour moi, mais je l'assumais. Je voulais être au clair avec ma conscience. Je ne pense pas que Françoise aurait été si surprise que ça. Ça faisait déjà un moment qu'elle me faisait des remarques sur mon manque d'attention et ma mine tourmentée. Elle me connaît assez et je suis trop honnête pour lui mentir. Je ne lui donnais pas d'explications.

Je rentre donc, samedi, j'avais hâte de me débarrasser de ce mauvais moment à passer. Je découvre Françoise en larmes. Elle n'arrivait pas à parler. J'ai cru tout d'abord qu'elle savait pour toi et je ne comprenais pas. J'ai toujours laissé tes lettres à l'étude. Elle sentait que quelque chose clochait. J'étais presque soulagé que le travail soit commencé et j'allais me glisser dans la brèche, mais elle s'est mise à parler. Ça n'avait rien à voir avec notre histoire. Elle ne faisait rien moins que m'annoncer qu'elle avait un cancer. Elle venait de recevoir les résultats d'un examen qu'elle avait passé. Elle n'avait pas voulu m'en parler parce que, disait-elle, elle m'avait senti préoccupé. Elle pensait que c'était des ennuis au travail, elle ne voulait pas en rajouter. Comment pouvais-je, après ça, lui annoncer que je la quittais ?

Le ciel me tombait sur la tête. Je devais, tout à la fois, affronter cette terrible maladie qui atteignait un être cher, si je n'aime pas Françoise avec passion j'ai une énorme affection pour elle, et voir s'envoler mes rêves de bonheur avec toi. Du moins pour un bon bout de temps. Tu comprends que je ne peux pas laisser Françoise seule pour supporter tout ce qu'elle va devoir supporter pour s'en sortir.

Je ne sais pas quoi te dire. J'ai la mort dans l'âme, je suis effondré. Nous n'avons décidément pas de chance. Il faut toujours que le destin s'acharne sur nous. Je n'ai pas le courage de t'en écrire plus. Je te demande pardon pour le mal que je te fais. Je n'ose pas te demander de continuer à m'écrire. Ce serait la seule chose qui m'aiderait à tenir. Je comprendrais que tu veuilles renoncer. Je continue cependant à croire qu'un jour... Mais je suis trop abattu pour y penser.

Je voudrais tant que tu sois là, mais je ne suis qu'un sale égoïste, je ne pense qu'à moi. Pense plutôt à toi.

Alain.

Aix-en-Provence, janvier 1985

Alain,

Je ne sais vraiment pas quoi te dire. Je n'ai pas de mots pour décrire ce que je ressens. Cette maladie qui arrive aussi brusquement n'est-elle pas un signe que nous envoie Dieu sait qui, Dieu sait quoi ? La porte que nous avions entrouverte sur un avenir commun vient de nous être claquée à la figure. Te dire que je suis effondrée est inutile. Je m'étais mise à y croire. J'avais occulté toutes ces années d'absence, remisées au fond du grenier de ma mémoire. J'avais à nouveau dix-huit ans.

J'ai vieilli subitement. Je suis allée me regarder dans le miroir, prête à compter mes cheveux blancs. J'étais surprise de ne pas en trouver.

Je comprends que tu ne puisses pas laisser tomber ta femme dans de telles circonstances. Je comprends aussi ton désarroi et je ne vais certainement pas rajouter à tes tracas mes plaintes. Je ne vais pas t'infliger la peine supplémentaire de rompre toute relation avec toi. Continuons à nous écrire si ça peut te faire du bien. Je suis solide, je peux gérer mes émotions. Tu vas devoir passer par des moments difficiles, je t'aiderai autant que je le pourrai. Je peux supporter une longue attente. Je sais ce que je représente pour toi, je sais ce que tu représentes pour moi et ça a une valeur inestimable.

Concentre-toi sur l'aide que tu peux apporter à ta femme. Elle a besoin de toi, c'est tout ce à quoi tu dois penser. Elle mérite que tu restes près d'elle pour traverser la maladie. Et même si tu penses à moi comme je pense à toi, tu seras quand même capable de faire face à cette nouvelle responsabilité. Il y a aussi tes enfants qui auront besoin de toi, car eux aussi seront touchés. Je ne voudrais pas être une charge émotionnelle supplémentaire pour toi. Ne pense pas au futur, il risquerait de te priver des forces qui te seront nécessaires. Vis au jour le jour.

Ne te préoccupe pas de moi, je ne souffre pas physiquement. Je saurai me contenter des quelques mots que tu trouveras le temps de m'écrire.

Depuis que nous nous sommes quittés, il n'y a pas une heure où je ne pense pas à toi.

Pascale.

Nancy, janvier 1985.

Pascale,

Tu ne peux pas savoir le bien que m'a fait ta lettre. Dans le marasme où je vis actuellement, c'est un rayon de soleil qui me réchauffe le cœur. Je dois faire tout mon possible pour soutenir Françoise. Nous sommes allées ensemble faire les examens complémentaires. Elle est déjà bien atteinte, mais, selon les médecins, son cas n'est pas désespéré. Il faut envisager une opération suivie d'une chimiothérapie et certainement des séances de radiothérapie. Traitement lourd s'il en est. Françoise est effondrée. Elle avait même envisagé de ne pas se soigner. Elle est vite revenue à la raison. Il y a les enfants. Je me demande comment je vais faire pour tenir le coup. Je souffre pour elle, je souffre pour toi et je souffre pour moi. Le poids est démentiel.

Je vais devoir aussi être hypocrite et ça me désespère. François est très occupée par sa maladie, mais elle va tout de même se rendre compte que je ne suis plus le même avec elle. Je ne sais pas feindre. J'ai peur qu'au moindre relâchement d'attention, je pense trop souvent à toi, au changement de mon attitude envers elle, elle comprenne qu'une autre femme est présente dans ma vie. Elle est loin d'être idiote et je sais que toutes les femmes ont un sixième sens pour ça. Je ne voudrais pas qu'elle pense que je reste avec elle par pitié ou par culpabilité. Il y a un peu de ça, cependant j'ai encore une très grande tendresse pour elle. Rien à voir avec ce que je ressens pour toi, mais c'est la mère de mes enfants et elle a toujours été une très bonne épouse. Ça ne va pas être facile. J'ai l'impression d'être pris dans une nasse, je me débats, mais elle se resserre de plus en plus. Il m'arrive même, quand je suis seul, de me mettre à pleurer comme un gosse. Je me sens à la fois coupable et impuissant. Je me demande quand le sort va cesser de s'acharner sur moi.

Voilà, je m'épanche sur mes maux et je ne te demande même pas comment tu vas. Je suis vraiment en dessous de tout en ce moment. Sache que tu ne quittes pas mes pensées même par ce gros temps. Tu es toujours près de moi.

Hier, j'étais tellement désespéré que je suis allé chercher une vieille sacoche du temps où j'étais étudiant. Cette vieille sacoche dans laquelle je garde tes lettres de l'époque, celles de notre jeunesse. J'ai versé quelques larmes, pour ne pas dire beaucoup, en les relisant. Que veux-tu, je suis un indécrottable romantique ! Un romantique si malheureux loin de celle qu'il aime.

Alain.

Aix-en-Provence, février 1985.

Alain,

J'ai voulu laisser passer un peu de temps avant de t'écrire afin de ne pas trop te perturber. Pour te laisser le temps de digérer tout ça. J'ai beaucoup de mal à envisager l'avenir. Je sais, dans ma dernière lettre, je te disais de ne pas penser à l'avenir, cependant, je ne peux pas m'en empêcher. C'est un tel bouleversement ! Je n'étais pas habituée à ça. Ma vie avec Régis était un long fleuve tranquille. Même notre divorce a fait très peu de vagues. Notre fille, pour qui je craignais le plus, ne l'a pas mal pris. Elle a simplement dit que la plupart de ses copines avaient des parents divorcés et que ça ne les empêchait pas de vivre. C'est dans l'air du temps.

Et puis, ce tsunami ! Notre reprise de contact, nos retrouvailles à Épinal, la renaissance de nos sentiments qui avaient été enfouis aussi profondément, l'espoir d'un bonheur possible et pour finir, ce qui arrive à ta femme. Je fais des efforts chaque jour pour garder intactes les forces qui me restent. Je me sens coupable, moi aussi. Si je n'avais pas eu cette funeste idée de t'écrire, on n'en serait pas là. Je serais peut-être en train d'essayer de refaire ma vie, comme on dit. Et toi tu n'aurais pas à tromper ta femme même si ce n'est qu'en pensée. Le destin n'arrête pas de nous jouer des tours. Nous ne savons pas rester maîtres face à ces élans qui nous poussent parfois à des actes insensés.

Je ne vais pas te cacher que j'ai encore eu dans l'idée de tout arrêter, de te laisser à ta vie et de continuer la mienne en solitaire. Je me disais que c'était la plus sage décision à prendre que le bonheur que nous envisagions n'était pas pour nous, il nous l'avait déjà été signifié une fois. Mais peut-on renoncer comme ça ? Je n'en ai pas le courage. Même si je dois rester loin de toi, que je n'ai jamais plus l'occasion de te revoir, t'écrire me donne un peu de joie et j'en ai grand besoin.

J'accepte d'être déraisonnable, j'accepte de culpabiliser, mais je ne peux pas me passer de tes mots sur le papier.

Pascale.

Nancy, avril 1985.

Pascale,

Nous sommes en pleine chimiothérapie et c'est très dur. Le traitement est difficilement supporté par Françoise. Je ne sais plus où donner de la tête. Je dois réconforter ma femme, protéger mes enfants, c'est déjà un boulot à plein temps, mais je dois aussi penser à gagner de l'argent pour faire vivre ma famille. J'ai été obligé de céder une grande partie de mes dossiers à mon associé, je ne pouvais plus faire face. J'ai à peine le temps de t'écrire. Je sens aussi que Françoise s'enfonce dans la dépression. Elle craint beaucoup l'opération qu'elle doit subir. Je la croyais plus forte. Je dors à peine, je ne suis plus capable de rien.

Mais je vais encore t'ennuyer avec mes peines. Il n'y a qu'à toi que je peux me confier. J'abuse certainement de toi, je le sais. J'abuse de tes sentiments à mon égard, mais j'ai tant besoin de savoir que tu es à mes côtés, même loin. Je me sens si égoïste parfois. Je ne mérite pas l'amour que tu me portes. Je ne l'ai jamais mérité. Tu as toujours été droite. Je rêve d'un monde où nous serions enfin en paix l'un avec l'autre. Je rêve et ça me fait encore plus mal. Zut, j'en reviens encore à moi.

Parle-moi de toi. Dans tes lettres tu essaies surtout de me réconforter, mais tu ne me donnes aucun détail sur ce que tu ressens de cette situation, de la déception que tu as pu éprouver quand j'ai anéanti nos espoirs de retrouvailles. J'ai peur que nous ne soyons devenus que de vieux amis très chers dans la tourmente. Je me plains, tu me consoles. Je ne veux pas être ton ami, je voudrais être ton amant, l'homme qui partage ta vie. Je t'ai causé bien trop de peine. Dis-moi ce que tu penses vraiment. Ne m'épargne pas. Avec tout ce que j'endure en ce moment, tu ne peux pas me mettre plus bas.

J'ai peut-être besoin d'être secoué, car je m'enlise et il n'y a que toi qui puisses le faire puisque tu es la seule à avoir idée de l'enfer dans lequel je vis. Je mens à Françoise et pas seulement quand je lui dis qu'elle va guérir ? Je lui mens quand je lui dis que tout ira bien alors que je sais que lorsqu'elle sera guérie, je vais la quitter. Je lui mens quand je suis obligé de lui prouver que je tiens encore à elle malgré sa décrépitude. Je suis arrivé au sommet du mensonge et je me dégoûte. Je voudrais que ce cauchemar s'arrête.

Je n'ai jamais eu autant besoin de toi. Tu es sans doute celle par qui cette situation est arrivée, mais tu es aussi celle qui m'a révélé que ma vie n'était qu'un faux chemin qui menait tout droit à une impasse. Tu es celle qui m'a montré ce que je voulais vraiment sans que je le sache, ce qui fait battre le cœur et nous garde en vie malgré tout : l'amour.

J'ai tellement envie de toi !

Alain.

1992

Nancy, février 1992

Pascale,

Cette fois, c'est moi qui viens te relancer. Le temps est aussi gris sur Nancy que dans ma vie. Je ne sais plus à quoi me raccrocher. C'est tout naturellement vers toi que mes pensées se sont dirigées. Je t'en demande pardon d'avance et j'espère que tu accueilleras favorablement cette bouteille que je lance à la mer.

Je me suis séparé de Françoise, elle va bien, mais sa maladie avait empiré le malaise qui existait déjà entre nous avant. J'en suis certainement la cause. Tant qu'elle a eu besoin de moi, je suis resté présent, je ne pouvais pas faire autrement. Nous sommes restés soudés face à la maladie et la souffrance, mais c'était le seul lien qui nous unissait encore. Il a fallu trois ans avant de pouvoir tirer un trait sur la maladie. Trois ans, c'est long. Et tes lettres qui se sont taries. Je n'ai pas eu la force de te supplier quand tu as cessé de m'écrire. Je comprenais que tu en avais assez de souffrir sans même avoir d'assurance sur l'avenir. Je ne sais pas comment je suis parvenu à tenir le coup, mais je n'étais pas en droit de te demander de te sacrifier pour moi.

Lorsque tout fut derrière nous, je n'ai pas été surpris que Françoise me dise qu'elle voulait reprendre sa liberté. Elle n'était pas idiote et elle avait compris depuis longtemps que je n'étais plus le compagnon qu'elle avait connu. Elle acceptait mon aide, elle en avait besoin, mais elle ne se faisait plus d'illusion quant à mes sentiments amoureux pour elle. Elle était tombée amoureuse d'un de ses médecins. Je dois avouer que mon ego en a pris un coup, mais je n'étais pas désespéré. J'étais presque soulagé. J'avais caché beaucoup trop de choses. Depuis que tu avais cessé de m'écrire, j'étais aussi vide qu'une noix sèche. Je n'essayais même pas de jouer la comédie du mari aimant. Je m'en tenais à l'attitude de l'ami attentionné. Ce n'était pas si facile, j'avais tant besoin d'amour ! Nous avons divorcé.

Après tous ces mois rythmés par les traitements, les visites à l'hôpital, en maison de convalescence, je n'avais plus que mon travail pour m'occuper. Comme j'avais levé le pied, mon associé avait pris la presque totalité des dossiers. Je tournais en rond. Durant toutes ces années, j'avais fait face, pas toujours facilement, mais je tenais le cap. Je me retrouvais seul, sans but. Au début, quand je continuais à attendre tes lettres qui ne venaient pas, j'avais encore l'espoir, mais j'ai vite su que cet espoir était vain. Je comprenais que tu aies cessé de m'écrire, je n'étais pas en mesure de répondre à tes attentes. J'étais partagé entre l'idée que je n'avais pas le droit de t'empêcher de refaire ta vie et celle de t'en vouloir de me laisser tomber dans une telle situation. Une chose est sûre, j'étais très malheureux de devoir renoncer à toi encore une fois. Je suis tombé dans une dépression sévère. J'ai dû m'arrêter de travailler pendant plus d'un an. Ce sont mes enfants qui m'ont forcé à me soigner. Je me laissais littéralement aller.

Maintenant Françoise se reconstruit auprès de son nouveau compagnon, les enfants sont plus sereins, mais il ne me reste plus rien. Je n'ai jamais cessé de penser à toi et plusieurs fois, j'ai envisagé de prendre un train pour Aix-en-Provence et forcer ta porte. Je n'avais pas le droit de troubler ta quiétude. J'étais encore trop fragile. Un refus de ta part m'aurait fait retomber. Ce sont nos souvenirs qui m'ont aidé à ne pas sombrer. Même aux pires moments, je revoyais ton sourire qui me permettait de tenir.

Je ne te cacherai pas que j'ai essayé, quand je me suis senti mieux, de rechercher une compagne. Peine perdue. Je me lassais tellement vite de celles qui acceptaient de passer un moment avec moi que j'en devenais un sale type. Quand je m'en suis rendu compte, je me suis ressaisi et je suis resté seul.

Cette lettre n'a pas pour but de te détourner de ta vie actuelle qui, je l'espère est heureuse, c'est seulement un élan irraisonné qui m'a poussé à te l'écrire.

J'ai écrit cette lettre, il y a déjà quelques jours et j'ai longtemps hésité avant de te l'envoyer. Pardonne-moi si elle t'a dérangée. Je n'attends rien en retour. Quoi que tu fasses, tu resteras toujours très chère à mon cœur.

Alain.

Aix-en-Provence, février 1992

Alain,

Quelle surprise ! Agréable, n'en doute pas. Tu auras toujours une place privilégiée dans ma vie.

Si j'ai cessé de t'écrire, c'est que je n'en avais plus la force. Je ne voyais aucune résolution à notre situation, c'était trop difficile pour moi. Je ne me sentais pas capable de t'apporter une aide quelconque dans la durée et j'avais l'impression de te distraire de ce que tu avais à faire. Je pensais que si tu parvenais à m'oublier tu serais entièrement là pour elle et que peut-être c'était un signe qui vous permettrait de vous retrouver après la maladie de ta femme. Vous recommenceriez comme avant. Je croyais pouvoir réparer la faute que j'avais commise en te relançant.

Tu dis que tu devais me laisser une chance de refaire ma vie. J'ai essayé. Pendant longtemps, ça m'a été impossible. Je ne voyais plus les autres hommes. Ceux qui essayaient de m'approcher me semblaient pleins de défauts. En fait, le seul défaut qu'ils avaient c'était de ne pas être toi. Je me suis quand même laissé convaincre. C'est dur de vivre sans amour. J'ai vécu pendant deux ans avec un de mes collègues de travail, un homme bon et honnête. Je pensais que nous pourrions être heureux ensemble. Je ne voulais plus d'une grande passion, je rêvais d'un amour tendre et tranquille. Je l'ai été un peu, heureuse, au début car je voulais l'être et je faisais tout pour. Mais comme dans mon couple avec Régis, un fantôme s'immisçait en permanence. Tu sais très bien lequel. Il méritait mieux que moi. J'ai voulu être franche avec lui, car je finissais par me sentir très mal en lui laissant croire à des sentiments que je n'avais pas pour lui. Que veux-tu, tu as marqué mon cœur au fer rouge et la cicatrice n'est pas près de s'estomper. J'ai eu beaucoup de mal à lui faire comprendre. Il était très amoureux de moi. Il voulait que je lui laisse une chance de me conquérir. Le temps passait et je me sentais de plus en plus mal avec lui. Il a finalement décidé de louer un appartement et de déménager de chez moi, mais il ne voulait toujours pas rompre le lien. Nous nous voyons encore de temps en temps pour passer une soirée. Il n'a pas renoncé. Je me laisse faire, car j'ai peur de la solitude. Je sais que ce n'est pas charitable pour lui, mais il sait à quoi s'en tenir. Je ne l'ai jamais trompé sinon en pensée avec toi.

Ta lettre a fait resurgir tout ce qui bout en moi et que je réprime consciencieusement depuis longtemps. Je voudrais te dire : viens, je t'attends. Mais j'ai peur, terriblement peur. Nous avons eu tant de déceptions tous les deux ! Nous avons tant souffert. Il peut nous arriver encore tant de choses. Crois-tu que nous pourrions encore le supporter ? Certes, nous avons résisté, la preuve est là, même au-delà des années nous avons encore besoin de nous retrouver. Cependant, que de souffrances nous avons endurées ! Si on fait le compte, nous avons eu si peu de bons moments et tant de temps pendant lesquels nous avons été malheureux.

Je n'ai qu'une seule envie, courir me jeter dans tes bras. Je suis la reine des masochistes.

Pascale.

Nancy, mars 1992.

Pascale,

Je ne sais pas si je pourrais encore supporter un coup du sort et, comme toi, je redoute ce destin qui nous joue tant de vilains tours. Je redoute, j'ai peur, mais je sais aussi que toutes nos tentatives de former d'autres couples que le nôtre ont échoué. Le fantôme de notre amour est toujours là et comme tous les fantômes, il n'est pas mortel.

Je suis libre, tu l'es pratiquement si j'ai bien compris. Que dirais-tu d'essayer de faire la nique au destin ? Je pense sincèrement que nous lui avons payé un assez lourd tribut, il devrait bien nous fiche la paix et il nous doit bien un peu de bonheur. Pour ma part, le bonheur ne pourrait être qu'avec toi. Si nous en sommes encore là, à nous écrire, plus de vingt ans après, c'est que ce qu'il y a entre nous est indéfectible. Si tu n'en es pas persuadée, moi je le suis. Nous n'avons jamais réussi à nous oublier, cela doit avoir un sens.

Quand je pense que nous avons passé rien qu'une seule nuit entière ensemble quand nous avions dix-huit ans ! Et que nous n'avons, malgré tout, jamais pu l'oublier. Ne sens-tu pas qu'il y a, quoi qu'il advienne un courant qui nous relie.

J'ai l'air de mendier, j'ai l'air de te supplier. Je n'en ai pas seulement l'air. Si je te dis que j'ai encore tellement besoin de toi, ce n'est pas seulement pour meubler ma solitude, c'est parce que tout mon être te réclame et pas seulement mon être physique, mon esprit aussi.

Je ne te forcerai jamais. Je te demande seulement de réfléchir. Tu as tout le temps, nous en avons déjà perdu tant, mais il ne sert à rien de se presser. C'est déjà beaucoup pour moi de te lire. Je pourrais te dire, je voudrais te dire encore, mais ça, tu le sais déjà.

Alain.

Aix-en-Provence, mai 1992.

Alain,

Il m'a fallu du temps pour réfléchir. Je me suis forcée à réfléchir. Ce n'est déjà pas tant dans ma nature,
je suis plutôt impulsive et puis il y avait cet élan vers
toi qui ne veux pas mourir et que je ne peux pas maî-
triser. Oui, j'ai envie de te retrouver, de tenter à nouveau la chance. J'ai envie de courir vers toi, de te dire
oui, de vivre avec toi. Cette envie me taraude jour et
nuit. Je vis avec.

Mais si cette envie n'était qu'un leurre ? Une envie
d'idéal ? N'avons-nous pas idéalisé cet amour qui n'a
jamais pu se vivre pleinement ? Nous avions fini par
penser que nous étions faits l'un pour l'autre, mais
qu'en savions-nous ? N'était-ce pas seulement une
envie de vivre quelque chose d'exceptionnel ?
Comme tout ce que nous ne pouvons pas avoir et que
nous considérons comme quelque chose
d'absolument essentiel à notre bonheur, et si nous
parvenons toutefois à le posséder nous nous rendons
compte que c'était bien banal et sans grand intérêt. La
valeur que nous avions accordée à cette chose ne
valait que parce qu'elle était inaccessible. Nous con-
naissons-nous vraiment ? Nous n'avons jamais vécu
ensemble, nous avons pu donner chacun une image
fausse à l'autre ou alors l'image de ce que je ou que tu

voulais voir ? J'ai connu un jeune homme de dix-huit ans, beau, gentil, un peu fou, toi, tu as connu la gamine qui t'a échappé. Serions-nous capables de bâtir un avenir avec ça ? Nous ne sommes plus ces ados prêts à tout. Si nous n'avions pas été séparés et que nous avions pu poursuivre notre relation, est-ce qu'elle aurait perduré ? Nous ne serions peut-être plus ensemble à l'heure actuelle.

Certes, nos unions ont été un échec, mais n'était-ce pas parce que nous avions en tête ce couple idéal qui n'a jamais existé ? Nous aurions pu nous contenter de la réalité au lieu de soupirer après une chose qui n'existait que dans notre imagination. Nous ne sommes plus ces jeunes qui n'avaient pas vécu et que nous sommes néanmoins restés dans un coin de notre tête. Il ne nous reste que peu d'insouciance. Je ne connais de toi que le désir que j'ai de toi, il en est de même pour toi. Nous n'avons aucune idée de ce que pourrait être notre vie commune face aux aléas du quotidien.

Je te parais sans doute très pessimiste, ça fait partie aussi de ma nature. Voilà ce à quoi j'ai pensé depuis ta dernière lettre. J'ai essayé de prendre du recul, de juger comme si je n'étais pas concernée. J'ai mis du temps à y parvenir et je ne suis pas sûre d'avoir envisagé toutes les hypothèses. Je crois que j'ai fait le tour de mes réflexions. À ton tour de me dire ce que tu en penses.

Je ne voulais pas te saper le moral qui n'est pas au plus haut d'après ce que tu me dis, mais je ne voudrais pas que l'on se précipite tête baissée dans quelque chose qui nous apporterait encore bien des souffrances.

Pascale.

Nancy, mai 1992.

Pascale,

J'ai lu et relu ta lettre. Tu as soulevé des points que j'avais, moi aussi, envisagés. Je n'étais certainement pas allé aussi loin que toi dans le raisonnement. Je ne voulais peut-être pas y aller. Tu es plus courageuse et raisonnable que moi. Que nous ayons idéalisé nos sentiments, c'est fort possible. C'est certain, nous n'avons aucune idée de ce qu'ils pourraient devenir confrontés aux réalités de la vie de couple. Résiste-raient-ils ou se transformeraient-ils en quelque chose de banal et insipide ? Je n'en sais fichtrement rien.

Je ne connais que très peu de choses de toi, mais nous nous sommes tout de même pas mal dévoilés dans nos lettres. Nous aurions certainement plus d'exigences aujourd'hui que nous sommes adultes. Nous avons sûrement perdu une très grande part de notre innocence. Nous connaissons les difficultés de la vie à deux. Je comprends bien tout ce que tu dis et je te donne entièrement raison. Cependant, si nous n'essayons pas, nous garderons éternellement cette chimère qui nous empêche d'avancer et nous gâche la vie de toute façon. Si ce n'est qu'un idéal, un fantasme, il existe, nous l'avons forgé et il faut compter avec. Nous n'en serons sûrs que si nous lui donnons l'opportunité de se révéler. Nous avons aussi plus de sagesse et nous pourrions vite faire la part de ce que nous avons fantasmé et ce qui est du domaine du possible. Il nous suffirait d'être conscients de ce qui pourrait arriver et de ne pas attendre trop, de nous laisser aller, guidés par l'amour, car, si je suis sûr d'une chose, c'est bien que je t'aime et que je t'ai toujours aimée. Je le ressens au plus profond de mon être, ça ne peut pas être un fantasme.

Moi, je suis prêt à tenter l'expérience. Il arrivera ce qui arrivera, je ne renoncerai jamais à l'espoir que tu puisses être à moi un jour. Je veux être l'incarnation de ton amoureux idéal. C'est prétentieux, mais je sens que c'est dans mes cordes, je suis prêt aussi à lutter contre le prince charmant que tu aurais pu imaginer. Je veux te prouver que tu n'aurais pas rêvé en vain et faire de toutes tes constructions intellectuelles une réalité magnifique. Je veux que, si tu as bâti une histoire idyllique, merveilleuse, tu la vives vraiment. Le héros que tu te serais inventé, je veux l'être. Je ne renâclerai pas à la tâche. Et même s'il ne résiste pas au quotidien, tu ne pourrais pas dire que je n'ai pas essayé.

Quoi que tu puisses être devenue, je ne crains pas de me confronter à ta réalité. De toute façon, je suis plus terre à terre que toi, je n'ai pas dû beaucoup t'idéaliser. Sinon tant pis pour moi, je ne me plaindrai pas, je te le promets.

Je sais, je m'emballe et je suis encore en train de foncer dans le brouillard, je balaie tout ce qui pourrait me gêner, mais je te veux si intensément ! J'ai l'impression d'être au volant d'un bolide qui ne me répond plus. C'est grisant et je ne veux pas m'arrêter.

Alain.

Aix-en-Provence, mai 1992.

Alain,

Cette nuit, j'ai fait un horrible cauchemar. J'étais dans la campagne, près d'un village. Je te voyais de dos. Je voulais aller vers toi, mais plus je m'approchais, plus tu t'éloignais. À un moment, tu te retournais, mais j'avais l'impression que tu ne me voyais pas, comme si tu regardais à travers moi. Puis tu repartais et je ne pouvais toujours pas t'atteindre. Et, pour finir, tu as disparu complètement, comme par enchantement. Une vieille femme passait, je lui ai demandé si elle t'avait vu. Elle m'a répondu : qui ? Je lui ai donné ton nom, elle m'a assuré qu'elle n'avait jamais connu d'Alain. Je lui ai parlé de toi, un homme grand, beau, intelligent et très gentil. Elle m'a dit que ça n'existait pas. Les hommes ne sont que des prédateurs. Je lui rétorquais que j'en avais connu de très bien et que tu étais celui qui m'était destiné. Elle n'a rien voulu savoir. Alors, je suis retournée au village, j'ai frappé à toutes les portes. Personne ne te connaissait. Je criais ton nom, je suppliais, ils me prenaient pour une folle. C'était comme si tu n'avais jamais été là. Je restais sur le bord de la route, là où je t'avais vu disparaître et je me demandais si je ne t'avais pas inventé. Je devais avoir rêvé. Je ne pleurais pas, je me sentais seulement complètement vide. Je me suis réveillée et je ressentais encore cette terrible sensation de vide en moi.

Je ne sais pas ce que cela voulait dire ? J'ai du mal à croire en la signification des rêves. Je me suis précipitée pour t'écrire. On n'écrit pas à une personne imaginaire. Je devais surtout combler ce vide qui persistait. Il y a si longtemps que je n'ai pas connu ta présence. Je n'ai que tes mots. J'ai besoin de ta voix, de ton regard, de ton corps pour être sûre que je n'ai pas rêvé, que tu existes bien. Ce rêve m'a ravagée.

Comme je voudrais avoir tes certitudes ! J'ai si peur ! Je ne vais pas pouvoir te résister très longtemps. Je résiste, c'est difficile et je flanche. Le temps est peut-être venu de se lancer. Ne dit-on pas qu'il vaut mieux avoir des remords que des regrets ? Si je ne prenais pas ce risque, j'aurais des regrets toute ma vie.

Choisis pour moi une date et je viendrai, à moins que tu ne préfères descendre à Aix. Retrouvons-nous et laissons faire les choses. Dégageons-nous de toutes les pensées conscientes qui nous paralysent. À trop réfléchir, on s'englue et on n'avance plus. Il est temps de tester cet élan et voir où il nous portera.

Je m'en remets à toi.

Pascale.

Nancy, mai 1992.

Pascale,

Moi, j'ai rêvé cent fois que tu étais là, devant moi.
Dans un premier temps, j'étais paralysé, je ne pouvais
faire que te regarder. Et ça durait longtemps, très
longtemps. J'en avais mal aux yeux, mais je ne pouvais les détacher de ton visage qui me souriait. Et je
me disais : allez, prends-la dans tes bras, embrasse-la
et je ne pouvais pas me résoudre à le faire. J'avais une
peur panique que tu disparaisses, que tu te dissolves
dans l'air, car je savais que ce n'était qu'un rêve. Un
rêve dans le rêve. Quand je m'éveillais, je ne te voyais
plus et un poignard se fichait dans mon cœur.

Tu as dit : arrêtons de nous torturer. Nous sommes
devenus des êtres trop raisonnables. Où sont passés
les deux étudiants qui s'aimaient tout simplement ?
Nous n'avions pas douté quand nous avons fait
l'amour pour la première fois, nous n'avions pas
hésité, c'était clair, c'était évident. Rappelle-toi
comme nous étions heureux. Il n'y avait plus que
nous sur terre et tout aurait pu s'écrouler autour de
nous nous n'en aurions pas eu conscience.

Qu'est-ce qui nous empêche aujourd'hui d'essayer
de retrouver cette innocence, cette insouciance ? Ce
ne sera sans doute pas facile. Le temps a passé sur

nous en nous laissant des sédiments qui ne disparaî-
tront pas. Ne laissons pas passer cette dernière
chance. Nous savons tous les deux que si nous re-
nonçons, cette fois ce sera pour toujours.

Dans quinze jours, j'ai un trou dans mon emploi du
temps. Je vais m'arranger pour le faire durer plusieurs jours et je prendrai le premier train pour Aix.
J'ai hâte de voir où tu vis et encore plus hâte de te
voir, toi.

Il nous reste un peu de temps pour nous préparer.
Je pense que l'émotion sera forte et nous ne sommes
plus si jeunes (c'est une plaisanterie, je me sens un
gamin). Si je meurs d'une crise cardiaque en t'aimant
ce sera la plus belle mort et je le revendique.

Je vais compter les jours, les dodos tout seul comme
disent les jeunes enfants.

Alain.

Aix-en-Provence, juin 1992

Alain,

Tu viens juste de reprendre le train. Je voudrais mettre sur le papier tout ce que je ressens avant que cela me fuie. Je ne sais pas par où commencer. Tout est flou, imprécis. J'ai l'impression de ne plus commander à mon cerveau.

Quand je t'ai vu sur le quai de la gare, je n'y croyais toujours pas. Un si vieux rêve qui se réalise a beaucoup de peine à prendre corps. Il a du mal à quitter son statut de rêve. Mais tu étais là, en chair et en os. Pour être sincère, j'ai eu un mouvement de recul. C'était trop fort. Mon cœur me disait de sauter dans tes bras, mais ma tête se demandait comment se comporter avec un presque étranger. À part notre brève rencontre, il y a sept ans, nous n'avions plus eu de contact direct depuis nos dix-huit ans.

C'est toi qui t'es jeté sur moi mettant fin à mes hésitations. Je me suis vite laissé gagner par ta joie évidente. Tu as toujours été plus instinctif, plus impatient que moi. Je retrouvais le jeune homme un peu fou que j'avais quitté dans l'Est et que j'avais aimé sans retenue. Nous étions donc fixés l'un à l'autre, presque l'un dans l'autre tant tu me serrais sur ce quai de gare.

Dans la voiture qui nous ramenait chez moi, tu parlais, tu parlais, je te laissais faire. Je sentais que tu avais besoin de meubler le silence qui nous aurait gênés. Il y avait tout de même de la gêne entre nous, c'était sensible. Alors que nous n'avions au aucune hésitation à nous jeter dans les bras l'un de l'autre sur le quai bondé, dans l'intimité de la voiture, c'était différent. Se laisser aller au rapprochement de nos deux corps ne nous semblait, à l'évidence, pas si facile. Les corps n'obéissent pas toujours aux sentiments. Surtout s'ils sont trop forts.

Lorsque nous sommes arrivés dans mon appartement, tu ne t'es pas tout de suite approché de moi. Tu faisais le tour comme pour t'approprier les lieux. Tu continuais à parler de ta vie, de ton bonheur de me retrouver. Je te regardais, j'avais du mal à parler. Il me semblait que je ne pouvais pas faire les deux à la fois et je trouvais plus important de te regarder. C'était ma façon à moi de te retrouver. Je devais m'approprier à nouveau ton image, graver chaque trait en moi. Une part de moi-même craignait encore que ce ne soit pas vrai.

Tu as proposé que nous allions manger. Je suppose que tu avais peur que je te trouve trop entreprenant si nous restions en tête à tête ; j'étais à la fois déçue et soulagée. Je sais que tu voulais me laisser le temps. Tu devais me trouver trop réservée, pas assez enthousiaste, mais je l'étais. Seulement, je ne parvenais pas à l'exprimer. Je vivais sans enthousiasme depuis trop longtemps. Je n'avais plus de repères, j'étais perdue. Je ne savais plus me livrer toute entière. Je m'étais trop retenue. L'amour que nous avions vécu avait été trop virtuel, trop éloigné des standards, nous devions le réinventer dans le réel.

Nous avons mangé, nous avons bu. Tu parlais moins, tu laissais des silences que je ne meublais pas. Ces silences me permettaient de goûter pleinement à l'instant présent. Je ne voulais pas en perdre une miette. Et puis nous avions tant attendu qu'il ne servait à rien de se précipiter.

Quand nous nous sommes retrouvés enfin seuls, j'étais un peu ivre et pas seulement d'alcool. Mais pas encore assez pour redouter l'instant où tu découvrirais la femme de quarante-deux ans à la place de la jeune fille de dix-huit ans qui était certainement restée dans ta mémoire. À mon grand soulagement, tu n'as donné aucun signe de regrets ou de déception. J'étais même stupéfaite de voir la façon dont tu me regardais. L'œil pétillant du gamin devant une glace. Tes yeux disaient ce que tu ne disais plus.

Tu m'as demandé de rester debout dans l'entrée, sans bouger. Tu m'as longuement regardée, puis tu m'as pris la main et tu m'as emmenée dans la chambre. Je devais toujours rester debout sans bouger. Tu as alors mis un très long moment à me déshabiller sans presque me toucher. Tu as dit : « j'en avais tellement rêvé ».

Puis nous avons tout oublié et les gestes qui avaient été enfouis dans nos souvenirs sont ressortis indemnes. Une trop grande attente, une hâte trop grande, ce ne fut pas l'explosion. Nous en avons ri. J'étais dans tes bras, tu étais heureux et je l'étais, c'était ça le plus important pour moi. Toutes ces années avaient été gommées, j'avais l'impression que nous ne nous étions jamais quittés.

Quatre jours de folie, d'insomnie. Il n'y avait plus d'avant, nous ne pensions pas à un après. Nous avons appris l'importance d'apprécier le présent sans le polluer. Il pouvait se dissoudre chaque seconde.

Ils ont malheureusement passé si vite ces jours parfaits. J'avais aussi le sentiment qu'ils nous avaient été dus. Je suis à nouveau seule en me demandant si je n'ai pas rêvé ça. Il va me falloir quelque temps pour me remettre. L'attente, l'émotion de ton arrivée, la joie, le manque de sommeil ont eu raison de moi. Je suis comme vidée, mais j'ai encore la tête pleine de nous. J'avais perdu vingt-quatre ans pendant ces jours, ils viennent de me refondre dessus.

Je n'ai pas le courage de m'attaquer au désordre que nous avons mis, j'ai encore un peu l'impression que tu es là. Il faut d'abord que je range le désordre dans ma tête. Je me rends compte que dans ma lettre je dis beaucoup « nous ». Avec toi, je me sentais plus nous que moi. Je ne sais pas si tu as ressenti les mêmes sensations que moi.

J'aime bien cette habitude que nous avons gardée de nous envoyer des lettres manuscrites plutôt que de nous téléphoner longuement ou nous envoyer des mails. On dit beaucoup plus avec la distance que nous impose l'écriture. On est plus soi-même face à la feuille qui nous laisse le temps. Continuons, si tu le veux bien de jeter nos mots sur le papier. Ils ont plus de poids et ils restent gravés.

Je ne t'ai jamais écrit une si longue lettre. Je vais rester sur ces mots si simples : je t'aime.

Pascale.

Nancy, juin 1992.

Pascale,

J'ai lu et relu ta lettre qui m'a surpris par endroits. Je ne te savais pas si psychologue. Tu as très bien saisi la plupart de mes sentiments alors que je n'en avais même pas conscience moi-même.

Tu évoques ma gêne et ma logorrhée. Après coup, je me rends compte qu'effectivement je ne la menais pas large. J'avais tellement peur de te décevoir. Une fois dans une de tes lettres, tu m'as dit que nous avions peut-être idéalisé ce qui nous unissait, que nous étions restés amoureux de l'amour et peut-être pas de nous. J'y repensais dans le train qui approchait de la gare. Et quand je t'ai proposé d'aller manger dehors c'était bel et bien parce que je luttais contre l'envie de me jeter sur toi sauvagement. Mon désir était si brutal qu'il t'aurait effrayé. Je ne me le serais jamais pardonné. Nous les hommes pouvons parfois être très primaires et j'avais tant attendu ce moment. J'ai fait ce que j'ai pu pour que tu n'aies pas l'impression que je ne pensais qu'à ça ; pour qu'au contraire tu aies l'impression que je voulais prendre tout mon temps. La scène du déshabillage m'a beaucoup coûté. Je l'avais tant de fois imaginé et dans mes rêves, cette scène durait un temps fou, mais cette fois tu étais là, à portée de mes mains, c'était une torture. Après coup, je me dis que c'était pourtant bien.

Effectivement, pour cette première fois, je n'ai pas brillé. Je n'en ai pas honte. Comme tu dis, ce n'était pas le plus important. J'ai été trop impatient, sans compter le fait que pour me sentir à l'aise j'avais un peu trop bu. Ce n'est pas une excuse, mais je pense que je me suis rattrapé par la suite. Tu m'avais rassuré et tu as su me convaincre que je pouvais te satisfaire.

Crois-moi, je ne me suis pas une seule seconde laissé aller à comparer ton physique actuel avec celui de ta prime jeunesse. Je n'en avais rien oublié, mais celle que je retrouvais avait tant de valeur pour moi, que je ne me lassais pas de te contempler en me répétant que ce bonheur était incroyable. Je pouvais te toucher, te serrer dans mes bras, que vouloir de plus. Je ne voulais plus rien, pour moi, tout était en ordre.

C'est vrai que ces quatre jours, je les ai vécus sans penser à autre chose qu'à toi, à t'aimer. Je n'aurais jamais imaginé pouvoir revivre ça un jour. Je te regardais rire de mes bêtises, je te regardais suffoquer de plaisir, je te regardais tout court et je me demandais ce que j'avais fait pour te mériter. J'ai réussi à oublier que ces quelques jours allaient avoir une fin.

Tu as raison quand tu écris que nous sommes plus capables d'exprimer ce que nous avons au fond du

cœur et au fond du cerveau par écrit. C'est mon métier de parler, mais je ne parle jamais qu'au nom des
autres, ce en quoi je peux dire que je suis plutôt bon,
mais, quand il s'agit de parler de moi, c'est une tout
autre affaire. Je suis réellement plus à mon aise
quand je le fais indirectement. Lorsque j'ai relu tes
lettres, les vieilles que j'avais gardées, j'ai retrouvé
une formule que tu disais que j'avais employée. Je te
disais, en gros : arrête de me lire, pose la feuille et
imagine que je te…

Je reprends cette formule qui me plaît toujours autant.

Pose-toi, ferme les yeux et imagine ce que je peux te
faire… Et, si tu manques d'imagination, je pourrai te
raconter quelques-uns de mes fantasmes, mais ils
risquent de te faire peur.

Je t'aime.

Alain.

Aix-en-Provence, juillet 1992.

Alain,

La monotonie des jours a repris le dessus. Je ne travaille plus, j'ai tout le temps de penser. J'ai encore le goût de tes baisers, la marque de tes mains sur moi, il y a toujours ton empreinte dans mon lit. Il n'y a pas une heure qui passe sans que je te convoque. J'ai envie de te dire ça, il ne faudra pas que j'oublie de lui dire ça, comment réagirait-il s'il me voyait en ce moment, quelle robe aimerait-il que je mette aujourd'hui ? Je te fais vivre auprès de moi.

Te dire que ça me suffit serait mentir, je passe par des moments d'exaltation, je mesure la chance que nous avons de nous être retrouvés, puis s'en suit une période d'abattement : tu es trop loin et où ça va nous mener tout ça ? Je ne voudrais pas être pessimiste, je me reprends, mais il reste toujours un peu d'amertume au fond de moi.

Je rêve que nous ne nous quittons plus, que je me réveille chaque matin dans tes bras, que je n'ai plus à attendre tes lettres, à t'attendre. Puis, je me dis que c'est peut-être mieux, que nous n'avons que le meilleur, que l'amour au quotidien s'use. Le nôtre ne risque pas de s'user, nous n'en abusons pas et nous le vivons à dose homéopathique. On se console comme on peut.

Non, je ne te dis pas ça pour te rendre triste et je ne voudrais surtout pas que tu le prennes comme un reproche. Nous n'y pouvons rien et je suis bien ingrate.

Malgré tout, c'était plus facile quand je n'attendais rien. Je vivais au ralenti et non, comme maintenant, sur des montagnes russes.

Ici, le soleil brille, mais je ne peux pas le partager avec toi. Ma fille est chez son père et la plupart de mes amis sont partis en vacances. C'est cette solitude qui explique certainement ce vague à l'âme.

Je vais cesser de me plaindre sinon tu ne voudras plus de cette vieille geignarde. Je veux toujours être au mieux pour satisfaire à tous tes désirs, mais ce n'est pas facile.

Quand je me souviens, au lycée, je t'apercevais seulement une seconde et ça illuminait ma journée sans que je sache même si mon rêve de te séduire pourrait se réaliser un jour. Maintenant que je sais que tu m'aimes et que tu me l'as assez prouvé, je ne suis pas encore contente. Je me battrais.

Je m'aperçois que ma lettre n'a ni queue ni tête. Tant pis, je te l'envoie comme ça, mais n'en fais pas grand cas.

Penses-tu que nous pourrons nous revoir bientôt? Je reste entièrement libre pour toi.

J'ai tant besoin de toi !

147

Je t'aime.

Pascale.

Nancy, juillet 1992 ;

Pascale,

J'ai plus de chance que toi, mon travail ne me laisse pas beaucoup de temps pour la réflexion. Malgré tout, quand je rentre le soir dans mon appartement vide, je sens tomber sur moi, en plus de la fatigue, un abattement que j'ai bien du mal à combattre. Je n'ai plus d'énergie. La tristesse commence à montrer le bout de son nez. Comme toi, j'essaie de positiver. Je pense à toi qui penses à moi. Je me dis et je me répète que je suis un homme heureux puisque je t'ai et que tu m'aimes.

Je pense au temps où je vivais mes derniers jours avec Françoise, à tous les mois d'angoisse que nous avions traversés, au soulagement que nous avions éprouvé quand elle a été déclarée en rémission. Soulagement double puisque j'allais être libre, mais attristé quand même par la déliquescence de notre union. Puis à ma solitude quand elle est partie définitivement. Je ne savais pas ce que tu étais devenue, si tu pensais encore à moi ou si tu avais tiré un trait définitivement sur nous deux. C'était une solitude bien réelle, j'avais perdu la compagne et je ne savais rien de la femme de ma vie.

Je suis toujours seul, mais ma solitude est peuplée de merveilleux souvenirs et d'espoir réalisables. Tout ça me la fait supporter. Je dis supporter et non pas oublier, car elle sait se rappeler à moi quand je te cherche dans mon lit, que je referme mes bras vides et quand je réalise que tu vis à huit cents kilomètres de moi. L'amour occupe les pensées, le cerveau, mais le corps se sent floué quand l'objet de l'amour est inaccessible. Je t'entends déjà me dire : c'est bien une phrase d'homme, ça ! Mais sois honnête, je suis certain que ton corps appelle aussi le mien désespérément. Ne serait-ce que mon épaule pour poser ta tête, mes bras pour te serrer contre moi. Je n'irai pas plus loin, tu n'as pas besoin d'un dessin. Tant pis si tu me prends pour un vieux lubrique, je prends le risque de te dire que j'ai horriblement envie de toi en ce moment.

Je suis en train de hâter quelques procédures qui me retiennent à Nancy, mais j'espère pouvoir me libérer à la fin du mois. On pourrait partir quelque part tous les deux. Dès que je peux, je te donne des dates et tu pourrais essayer d'organiser un petit voyage.

Il me tarde tant de voir en vrai ton sourire radieux dont l'image me sert de doudou pour m'endormir. Je ne vais pas te parler de toutes les autres idées qui me traversent l'esprit quand je suis dans le noir, mais tu

dois t'en douter. Je vais donc aller me coucher et retrouver mes fantasmes, là tu es bien présente.

Ne crois quand même pas que je ne pense qu'à ça,
enfin un peu, beaucoup, mais toujours avec toi.

Puisque nous en sommes toujours au stylo et au
papier, je t'embrasse virtuellement. Quelle tristesse !

Alain.

Aix-en-Provence, juillet 1992.

Alain,

Dès que tu m'as communiqué tes dates de liberté, je me suis empressée de choisir un endroit où aller. Tu vas peut-être ne pas aimer. Dans ce cas je changerais de destination. Je n'avais pas envie d'un endroit trop touristique où le monde afflue en été. J'avais envie de charme et d'originalité. Comme je suis une grande lectrice et admiratrice de Jane Austen, j'ai pensé aux vieilles stations balnéaires de la côte britannique. Tu aurais peut-être préféré un endroit plus chaud, plus exotique. Je n'ai pas envie de souffrir de la chaleur et je n'aime pas les pays exotiques.

Régis était un mordu de voyages, avant les enfants nous avons crapahuté en Asie, au Maghreb, en Amérique latine, je n'ai pas vraiment apprécié. Je crois que je n'aime pas trop être dépaysée. J'ai toujours préféré les modes de vie proches du mien.

Je ne connais même pas tes goûts en matière de voyages. J'attends que tu me dises si tu es d'accord avec mon choix avant de me lancer dans les réservations.

En attendant, je rêve à ces petits matins, toi et moi dans notre lit. Je rêve à des découvertes en commun, à tous ces repas pris côte à côte ou face à face. Je rêve à ces endormissements sereins en me disant qu'à mon réveil tu seras encore là. Je rêve à tes mains sur moi, à ton regard chaud et ébloui quand il se porte sur moi. Je rêve à tes lèvres, à tes mots si proches. Je rêve à l'amour que nous nous dirons, que nous recevrons en direct, que nous ferons comme de vieux amants ou comme des jeunes fous qui se découvrent. Je rêve à toi tout simplement. Et ça occupe toutes mes journées si monotones.

Je n'ai plus envie de sortir, la ville est remplie d'étrangers, de touristes. Je vois trop de monde sans te voir, toi. Chaque fois, au milieu de la foule, c'est le vide que tu crées que je vois. Trop de bruit, trop de corps qui m'empêchent de rêver.

Dis-moi vite ce que tu penses de mon idée bizarre. J'ai tellement hâte d'y être que je ne vis plus. Je me raccroche à l'idée que le temps d'attente dans toute sa lenteur est peut-être le meilleur moment, les moments heureux passent si vite qu'on n'a pas le temps d'y goûter et le temps d'après est trop triste.

Je te sais dans la même hâte que moi. Je suis dans ta tête faute d'être dans tes bras.

Pascale.

Nancy, juillet 1992.

Pascale,

Mes valises sont déjà prêtes, le départ n'est pourtant que dans dix jours, mais je trouve le temps si long malgré mon travail que je dois presser.

Je te suivrai, partout où tu iras, j'irai… C'était quoi cette chanson ? Je t'entends encore la chanter. Ton choix sera le mien. Qu'importe le lieu qui abritera notre amour. Mais si tu te prends pour une héroïne de Jane Austen, j'espère que tu seras moins raisonnable et plus passionnée. J'ai un peu peur du puritanisme de l'Angleterre. Car je voudrais la faire voir rouge, je compte bien m'y employer de toutes mes forces de quarantenaire.

J'ai dû reporter la date à laquelle je devais reprendre les enfants. Tu me fais devenir un mauvais père. Non, rassure-toi, ils sont grands et leur mère les a emmenés à Menton. Ils se sont fait des copains et ne sont pas pressés de revenir à Nancy. Françoise est d'accord. En fait, j'ai appris que son médecin avait l'intention de s'installer là-bas. Je n'aime pas beaucoup cette idée, car je verrai mes enfants moins souvent. Ils sont presque adultes, mais j'ai encore besoin de les voir très souvent. Nous nous entendons bien, ce serait dommage qu'ils s'éloignent de moi. Mon fils va entrer à l'université, j'ai envie de le convaincre de rester avec moi, ici à Nancy.

Mais revenons à des choses plus gaies. Je pense que tu pourrais venir chez moi, ce serait plus facile de partir d'ici, on est plus près de Paris et comme ça tu serais là plus tôt. Je ne serais pas encore tout à fait libre, j'ai un procès à deux jours du départ, mais nous aurions les soirées à nous. Téléphone-moi, si tu es d'accord.

Je piaffe d'impatience. Tu me manques tellement !

Comment fait-on l'amour à l'anglaise ? Je n'en sais rien. C'est toi la spécialiste, tu me l'expliqueras. Je nous vois bien sur une plage battue par les flots ou alors dans le brouillard. Un peu frisquet, mais nous avons tellement de chaleur en nous. Pas vrai, mon amour ? Nous pourrions même aller nous aimer en Finlande. C'est si bon de savoir que tout est possible !

Alain.

Aix-en-Provence, août 1992.

Alain,

Je n'aurais jamais pu imaginer que l'on puisse être aussi heureuse. Quand j'écris ça, j'ai l'impression d'être dans une banalité déconcertant. Pourtant c'est ce que je ressens vraiment. La vie ne m'avait pas habituée à ça.

Ces deux semaines ont été pour moi la révélation que je ne pouvais plus vivre sans toi. Lorsque je suis avec toi, je ressens une telle plénitude. J'ai enfin la sensation d'être entière. Je me rends compte que j'ai toujours vécu, jusqu'ici, à côté de moi-même. Je ne vivais pas ma vie, je la passais seulement. Je n'étais pas particulièrement malheureuse, car je ne savais pas que ce bonheur pouvait exister. Ce que j'en gardais de nos jeunes années me semblait totalement irréel, rêvé. C'est parce qu'il nous a été si souvent refusé que ce bonheur m'est d'autant plus précieux.

Crois-tu que si le destin nous avait été favorable et que nous soyons, aujourd'hui marié depuis longtemps, nous serions aussi émerveillés par la présence de l'autre à nos côtés. Ce serait devenu banalité et même si nous nous aimions encore, je pense que nous en serions habitués, la suite nous l'a prouvé, nous n'en mesurerions plus la chance que cela représente. Ce serait chose banale, nous n'aurions aucune conscience de la fragilité de tout ça et que ça pourrait nous être retiré du jour au lendemain.

Pour ma part, j'ai fait en sorte de goûter chaque minute à sa juste valeur. Comme si c'était la dernière. Je ne sais pas si tu pensais la même chose que moi, mais je te sentais si gai et si heureux que j'en aurais presque pleuré par moments.

Je n'ai plus que de vagues souvenirs de ce qui nous entourait, car, plutôt que des regarder les magnifiques paysages que j'avais vus sur les dépliants, la mer, la côte sauvage, je préférais te regarder, toi. Je fermais même souvent les yeux pour mieux sentir ta main dans la mienne, pour mieux sentir ton corps si près du mien et si plein de promesses. Au diable le tourisme, je ne voulais être que le touriste de toi, te découvrir jusque dans tes moindres détails et m'en repaître encore et toujours.

Cette petite chambre dans cet hôtel vétuste, mais confortable a été pour moi le paradis pendant deux semaines. Je suis encore sous le coup de ces émotions que j'avais cru ne jamais connaître.

J'ai réfléchi à ta proposition d'aller vivre avec toi à Nancy. Il est trop tard pour que je demande ma mutation, mais je peux encore demander une mise en disponibilité pour un an. J'ai assez d'économie pour le supporter ? Ma fille est indépendante. Certes, je la verrais moins souvent si je quittais Aix, mais elle fait sa vie et Nancy n'est pas le bout du monde. Il serait temps que je pense à moi et que je fasse, moi aussi, ma vie. Qu'en penses-tu ? Accepterais-tu de m'avoir à temps complet? Je peux être agaçante, tu sais. Serais-tu prêt à me supporter au quotidien ? Je veux penser que oui. Mais réfléchis quand même ! Tu me l'as certes proposé, seulement c'était dans l'euphorie des vacances et dans ce cas-là, souls d'amour comme nous l'étions, on peut prendre des décisions que l'on regrette ensuite.

Vivre avec toi, je n'ose pas l'espérer. J'essaie de ne pas trop anticiper, le présent est déjà assez beau comme ça. S'il peut l'être encore plus, on verra.

À bientôt, mon amour.

Pascale.

Nancy, août 1992.

Ma chérie,

Oui, j'ai envie de te retrouver chaque soir, renouveler le miracle. J'ai envie qu'on ne se quitte plus. Nous nous sommes trop quittés et nous avons été trop malheureux. Le ciel ou autre chose ne peut plus que nous être favorable.

Je pense prendre un appartement plus grand, j'avais pris le premier que j'avais trouvé quand je me suis séparé de Françoise. Je pourrais aussi trouver une maison à la campagne. Tu me diras ce que tu préfères. Je sais que tu as beaucoup de choses à régler, je serai patient. J'espère que tu ne regretteras pas le soleil d'Aix, mais tu connais le climat Lorrain, tu ne seras pas prise au dépourvu. Je serai aussi là pour te réchauffer.

Je garde, moi, aussi, de si beaux souvenirs de notre petit voyage. Après ce que tu m'as confié, je n'ose pas te dire que j'ai beaucoup aimé la région. Tu vas dire que j'ai plus regardé les paysages que toi. Tu aurais peut-être raison, mais je te dirai, pour ma défense, que je n'ai pas besoin de te regarder pour te sentir, ni même de fermer les yeux. C'est dans tout mon être que ça se passe. Même à plusieurs mètres, je te sens.

Était-ce le climat anglais ou ta présence, je me sentais dans un autre monde. Je me levais le matin avec la merveilleuse sensation que je pourrais vaincre n'importe quoi dans le monde. Je me sentais si puissant que rien ne pourrait me résister. Moi qui ai toujours douté de moi, qui ne me suis jamais vraiment considéré à la hauteur dans la vie, je n'avais jamais imaginé ça. J'aimerais tant retrouver cette béatitude et je sais que je ne le pourrai que quand tu seras près de moi.

Préviens-moi dès que tu auras ton avis de mise en disponibilité que je m'organise pour te recevoir. Si tu veux, j'irai t'aider à déménager. Rien que cette idée me met en joie. Tu te rends compte, tous ces matins à se réveiller dans le même lit, tous ces repas à la même table, toutes ces discussions, peut-être ces disputes (bénignes), ces retrouvailles après le travail, c'est tellement beau que j'ai encore du mal à y croire.

Je ne regrette qu'une chose, nous ne nous écrirons plus. J'adore tes lettres. J'espère que pendant notre vie commune nous garderons cette habitude de nous confier sans détours. Tu sais si bien décrire les sentiments que ce serait dommage de ne plus lire tes mots. Jure que tu les diras ! Quand je te lis, j'en découvre plus sur moi qu'en des années d'introspection. Ce que je ne fais jamais d'ailleurs. Tu vois le bien que me font tes lettres !

J'ai repris le collier et je dois me forcer pour me concentrer sur mes dossiers, ton image est toujours là pour me distraire. Bon, je vais me faire violence et m'y remettre. Le dossier d'un pauvre type qui n'a jamais eu la chance de trouver la femme de sa vie et qui n'a fait que se fourvoyer dans des relations impossibles qui lui ont fait péter un plomb. Il a rossé sa dernière compagne. Je crois que je vais parvenir à lui trouver des circonstances atténuantes en invoquant son manque de pot. Trouver la femme de sa vie fait de chaque homme un homme bon. Je me sens le meilleur des hommes.

Je t'embrasse tellement passionnément que je ne peux plus respirer.

Alain.

Aix-en-Provence, septembre 1992.

Alain,

Ça y est, tout est prêt, mes meubles sont au garde-meuble. Je loge, en attendant de monter chez toi dans un petit appartement qui appartient aux parents de Brigitte. Ils l'ont acheté pour venir vivre dans le midi à la retraite. Je peux y rester aussi longtemps que je veux, mais je suis si impatiente de commencer notre vie à deux.

Brigitte me dit que je suis folle, ça me fait rire, car elle a toujours été la folle, et moi la sage. Elle dit que je ne te connais pas assez, que ce ne sont pas les quelques jours que nous avons passés ensemble qui auront pu nous renseigner sur nos capacités à vivre à deux, que j'aurais dû attendre encore avant de quitter mon travail, mes amis, ma maison. Je ne suis pas parvenue à lui faire comprendre tout ce que cela représente pour moi. Elle me dit que je t'ai idéalisé et que je pourrais déchanter devant la réalité. Mon cœur me dit qu'elle a tort, je suis absolument sûre de moi et de toi. Je lui ai demandé si elle connaissait quelqu'un capable d'aimer pendant si longtemps sans même avoir de nouvelles pendant des années. Elle a admis, à regret, que c'était plutôt rare. Elle prétend quand même se faire du souci pour moi. C'est son côté mère poule. Et puis, elle se souvient de mon état quand nous avions rompu. C'est normal qu'elle ait peur pour moi. Ça ne l'empêche pas de m'aider.

Ma fille est contente pour moi. Je redoutais un peu sa réaction. Elle ne te connaît pas et sait seulement ce que je lui ai raconté de notre histoire. Elle me trouvait tellement morose après ma séparation d'avec Régis, puis si triste après notre deuxième séparation suite au cancer de Françoise qu'elle trouve merveilleux de me voir radieuse. Elle est, bien sûr un peu triste de me voir partir, mais je la soupçonne d'être aussi soulagée de ne plus m'avoir sur le dos. J'ai toujours été trop protectrice et à présent, elle a besoin d'indépendance. Je la laisse avec son petit ami et son père n'est pas loin si elle a besoin de quelque chose. Pour moi, c'est aussi un peu d'émotion, depuis mon divorce nous vivions seules toutes les deux, à part l'intermède assez court de mon aventure avec mon collègue, ça va me faire tout drôle de ne plus l'avoir près de moi au quotidien. Cela dit, je ne perds pas au change.

Dès que tu peux, appelle-moi puisque tu veux venir me chercher avec mes bagages. Je suis libre comme l'air et je t'attends.

C'est sans doute la dernière lettre que je t'envoie. Je vais le regretter moi aussi. Si je ne craignais pas le ridicule, je te dirais que même en vivant ensemble,

nous pourrions continuer à nous écrire pour le plaisir, mais aussi pour exprimer des choses qu'il est plus
facile d'écrire que de dire. Ça pourrait être notre folie,
rien qu'à nous. On se laisserait des lettres un peu
partout dans la maison, on se cacherait pour les lire.
Ce serait du piquant dans notre vie.

Je pense qu'il n'y a pas de mots assez forts pour décrire ce que je ressens pour toi. Alors j'ai hâte de te le
montrer.

Pascale.

1993

Aix-en-Provence, janvier 1993.

Bertrand,

Je me permets de t'appeler Bertrand et de te tu-
toyer. Nous avons failli devenir frère et sœur par
alliance. Si j'ai mis autant de temps avant de
t'envoyer cette lettre et ce paquet, c'est que j'ai dû
laisser passer le plus gros de ma peine. Elle est encore
là, mais je suis parvenue à retrouver un certain calme.

La dernière fois que j'ai vu ma mère, elle rayonnait
de bonheur et attendait ton père qui devait
l'emmener vers leur nouvelle vie. J'étais très heureuse pour elle. Je ne connaissais pas ton père, mais à
travers les récits de ma mère, j'avais compris que ces
deux-là étaient bel et bien faits l'un pour l'autre.
Quand elle parlait de lui, elle était transfigurée.

Puis ton père est arrivé, je l'ai tout de suite apprécié. Oui, c'était évident, en les voyant ainsi se regarder avec une telle ferveur que ce qu'il y avait entre
eux était indéfectible. Nous avons passé la matinée à
parler. Il m'a promis de faire très attention à elle. Je
lui faisais confiance. Et puis, il y avait toute leur histoire, ils avaient bien mérité d'être heureux. J'ai em-
brassé ma mère et je les ai regardés partir. J'avais
l'impression d'être la mère et de voir partir de jeunes
mariés. On aurait dit des tourtereaux de l'année.

Quand le coup de téléphone de mon père m'a réveillée, j'étais loin de me douter que le ciel allait me

166

tomber sur la tête. L'accident, l'autoroute, le poids lourd qui vient emboutir leur voiture, leur mort sur le coup, tu sais ça aussi bien que moi. Malgré leur séparation, mes parents avaient gardé de très bons rapports, mon père était effondré. Nous nous sommes appuyés l'un sur l'autre pour surmonter notre souffrance.

En rangeant les affaires que ma mère avait laissées, j'ai trouvé les lettres de ton père. J'ai trouvé bizarre qu'elle ne les ait pas emportées, elle y tenait tant. Je n'ai pas pu m'empêcher de les lire. Inutile de te dire que j'ai pleuré des rivières. Puis, je me suis dit qu'ils avaient eu, malgré tous ces déboires, une chance inouïe dans leur vie. Un amour comme ça, c'est exceptionnel. Ils sont morts heureux et, pour moi qui veux être croyante, je sais que là-haut, ils sont réunis pour l'éternité.

Je vous restitue donc à toi et ta sœur, les lettres de votre père qui, je pense, seront un souvenir précieux pour vous.

Si tout s'était déroulé normalement, nous nous serions certainement rencontrés. C'est une occasion manquée, car après avoir lu les mots de ton père, je ne doute pas que tu sois quelqu'un de bien. Je te sais dans la peine et tu peux croire que je la partage. C'est sur ce regret que je te quitte. Si, par hasard, tu trouvais les lettres de ma mère, je serais heureuse de les récupérer.

Cordialement,

Laure

Nancy, février 1993.

Laure,

Merci pour ta gentille lettre et pour les lettres de mon père. Je les ai lues à mon tour et j'ai bien retrouvé l'homme que j'aimais même si je ne connaissais pas ce côté de lui. J'ai reconnu le père que j'ai eu, malheureusement si peu de temps. Cet homme à fleur de peau, toujours soucieux de sa famille et des autres. Je suis resté sans voix en découvrant la force de cet amour qu'il vouait à ta mère. Je suis encore jeune, mais je rêve de trouver un jour un amour aussi grand que le leur et qui a résisté dans tant de tempêtes.

J'ai beaucoup aimé cette idée que nous aurions pu être frère et sœur par alliance. J'ai une sœur avec laquelle je m'entends bien, mais le ton de ta lettre m'a donné envie de te connaître et pourquoi ne pas t'ajouter à ma collection de sœurs ? Collection bien maigre jusqu'à présent.

C'est ma sœur qui a gardé les lettres de ta mère. Elle ne les a pas lues, elle m'a dit qu'elle ne pouvait pas. Elle est encore jeune et elle a beaucoup souffert de la séparation de nos parents. Elle n'avait pas envie de savoir. Elle n'avait pas envie de lire ce qui s'était passé pour notre père avec une autre femme que notre mère. Je vais lui demander de te les restituer, ça ne devrait pas poser de problème.

À défaut d'être frère et sœur, j'ai une autre proposition à te faire : nous pourrions être amis. Après tout, c'est le destin qui a créé des liens entre nous, il doit bien y avoir une raison. J'ai encore une autre proposition : les hivers nancéiens sont plutôt agressifs, j'irais bien prendre un peu le soleil vers Aix-en-Provence. J'en ai parlé à mon copain Arthur, ses parents ont un pied-à-terre sur la côte bleue pas loin de Sausset les Pins, ils seraient d'accord pour que nous descendions pendant les vacances. Nous pourrions nous rencontrer et ce serait l'occasion de te remettre les lettres de ta mère.

Réponds-moi si tu es d'accord.

Je t'embrasse amicalement.

Bertrand.

Aix-en-Provence, février 1993.

Bertrand,

Quelle merveilleuse idée! Bien sûr que je suis d'accord, on n'a jamais assez d'amis. Quant à ton voyage dans le sud, c'est d'accord aussi. Je ne sais pas si tu auras un temps aussi magnifique que se le représentent les gens du nord qui ne connaissent que les chaleurs torrides estivales, mais je peux te proposer (à mon tour) ainsi qu'à ton copain de vous montrer les plus beaux endroits de la région. J'essaierai de me rendre libre le plus souvent possible pendant que vous serez là. Je suis en pleine rédaction de mon mémoire de master, mais ça me fera du bien de faire quelques pauses.

Merci pour les lettres, c'est certainement les choses les plus précieuses que je pourrais garder d'elle. Elle me manque tellement. Parfois j'imagine qu'elle est là-haut, près de ton père et que je la reverrai bientôt.

Donne-moi les dates de tes vacances pour que je puisse préparer un petit programme.

Il me tarde de te connaître.

À très bientôt,

Laure

Nancy, mars 1993

Laure,

Je t'écris cette lettre, car je ne saurais pas te dire ce que j'ai à te dire au téléphone. Je n'en aurais pas le courage. C'est tellement difficile que je préfère le recul de l'écriture. Et puis, c'est bien par une histoire de lettres que nous avons fait connaissance. Je suis un littéraire et je perds mes moyens à l'oral. Je ne sais même pas par où commencer. Bon, le plus simple c'est par le commencement.

Nous nous étions donné rendez-vous dans ce bar du Cours Mirabeau. Charmant décor et le temps était beau. Je me sentais léger et joyeux à l'idée de te voir. C'était excitant, chaque nouvelle rencontre est toujours pleine de surprises. Arthur n'avait pas voulu m'accompagner, il disait que c'était une affaire de famille ou presque et qu'il ne ferait que nous déranger. Je n'avais pas insisté.

J'étais arrivé plus tôt que prévu. Je te guettais en me demandant comment j'allais te reconnaître, je voyais passer plein de filles. Tu es apparue sur le trottoir et je n'ai plus eu aucun doute. Tu ressemblais trait pour trait à la photo de la jeune fille dont mon père traînait toujours dans son portefeuille. Il me l'avait montrée un jour. C'était incroyable ! Tu t'es dirigée droit sur moi comme si tu me connaissais depuis toujours et tu as ri quand je t'ai parlé de la photo. Si tu étais venue directement vers moi c'est que tu avais reconnu le jeune homme sur une photo que gardait si précieusement ta mère. C'était encore plus incroyable. Nous étions la copie conforme, la réincarnation de nos parents à dix-huit ans. J'en ai vingt, toi vingt et un. Je t'ai demandé ton âge, ça ne se fait pas, mais tu ressemblais tellement à la photo que je pensais que tu avais, toi aussi, dix-huit ans. Tu as dû penser la même chose quand je t'ai donné le mien, nous sommes sensiblement plus vieux, mais ça ne fait pas une grande différence.

J'ai ri avec toi, mais, au fond de moi, il se passait quelque chose d'étrange. Je sais que je ressemble beaucoup à mon père et toi à ta mère, à les évoquer, leur perte étant encore si proche qu'elle nous rappelait notre chagrin et l'avivait, nous nous sentions pourtant bien. Mais cette émotion n'était pas la raison principale de ce nœud qui s'était formé dans mon ventre. Je pressentais autre chose. Nous avons fait connaissance, nous avons encore parlé de nos vies respectives avec eux. Je n'avais connu ta mère que par ses lettres que j'avais pris le temps de lire, la version amoureuse, tu n'avais connu de mon père que ses mots, l'amoureux. Nous avons éprouvé le besoin de nous faire voir l'un à l'autre, l'autre face, celle de parents. Il ya eu quelques larmes à peine maîtrisées, je suis un garçon sensible. Mais au fur et à mesure que le temps passait, en arrière-fond quelque chose faisait son chemin à l'intérieur de moi. Quelque chose que je ne pouvais pas définir, mais je n'essayais pas. Notre conversation avait pris un ton plus personnel, tu me parlais de tes études de psycho, moi de mes études de lettres, j'avais envie de te poser des milliers de questions et tu ne te privais pas de m'interroger.

Le temps passait et nous étions toujours là à nous parler sans avoir envie de nous quitter, du moins en ce qui me concernait. Tu ne manifestais pas non plus d'intention de départ. Je t'ai vue, tout à coup, jeter un regard inquiet sur ta montre et, affolée, me dire que tu devais rentrer. Je me suis alors senti si mal que ça m'a fait peur. J'ai un petit côté hypocondriaque. Je voyais tout de suite une crise cardiaque, une rupture d'anévrisme. Je n'avais bu qu'un Coca. Je devais forcément être malade pour avoir si chaud et en même temps froid, pour ne plus trouver mes mots. Tu m'as demandé si ça allait, j'ai répondu : oui, mais je ne la menais pas large. Tu t'es levée et tu t'es penchée vers moi pour le faire la bise. Mon état s'est immédiatement aggravé. Je ne savais toujours pas ce qui m'arrivait. Je ne sais pas encore, aujourd'hui, décrire ce que je ressentais. Tu nous as donné rendez-vous à Arthur et à moi pour le surlendemain pour une balade en bateau. Il était temps que tu partes je me serais évanoui.

Je suis resté un très long moment assis à la table, mon cœur reprenait un rythme normal, je reprenais espoir. Arthur s'inquiétait, il était tard quand je suis rentré. J'avais éprouvé le besoin de faire un grand tour à pied pour me calmer ; quand il m'a vu, il a encore eu plus peur. Je lui ai expliqué que j'avais eu un malaise, mais que ça allait mieux. Je ne lui ai pas dit tout ce qui m'était passé par la tête. Il voulait m'emmener à l'hôpital, j'étais mort de trouille. J'ai refusé tout net. Il est étudiant en médecine, il m'a pris le pouls, m'a regardé sous toutes mes coutures. Soudain, il s'est figé en me disant :

- Je crois que c'est grave.

Tu imagines ma tête !

- C'est grave ?

Je n'osais pas lui demander ce qu'il avait vu.

- Très grave, je n'ai pas besoin de terminer mes études de médecine pour poser un diagnostic.

- C'est quoi ?

- Je suis formel : coup de foudre !

- Mais il n'y avait pas d'orage et j'étais à l'abri.

- Idiot !

Oui, idiot, j'étais encore sous le coup de la peur des maladies, il avait raison, Arthur. Je ne sais pas s'il fera un bon médecin, mais il ferait sûrement un très bon psychanalyste.

J'ai préféré te raconter ça sous signe de l'humour, mais pendant tout le reste du séjour, j'ai vécu entre le bonheur de te voir et l'enfer de devoir te cacher mes sentiments. Je sais que tu as quelqu'un dans ta vie et je tiens tout de suite à te dire que je n'attends rien de toi. Je déplore le fait que nous ne puissions être frère et sœur ou amis compte tenu de mes sentiments pour toi. J'espère que ce que je viens de t'écrire ne te contrariera pas, ce n'est pas le but. Il fallait avant de couper le contact que je te dise tout ce que j'avais sur le cœur, le garder pour moi m'aurait tué, implosion directe.

Je te dis donc adieu, je vais essayer, non pas de t'oublier ce serait impossible, mais de vivre avec ça.

Je ne sais pas comment conclure, pardonne-moi.

Bertrand.

Aix-en-Provence, juin 1993.

Bertrand,

Trois mois sont passés depuis ta dernière lettre. Tu as pu penser que je ne voulais plus avoir de contact avec toi après tes révélations, c'est seulement parce qu'il m'a fallu tout ce temps pour mettre de l'ordre dans mon esprit et dans ma vie.

Ta lettre m'a bouleversée et dans tous les sens du terme. Je ne savais plus où donner de la tête. J'avais l'impression de vivre dans un état de pagaille permanente. Contrairement à toi, dès que je t'ai vu, j'ai tout de suite su ce qui provoquait en moi un tel chamboulement. C'était trop fort ! J'ai pu croire un instant que c'était l'émotion de me trouver devant le fils de celui que ma mère avait tant aimé. Mais je ne me suis pas trompée longtemps, c'était bien toi qui provoquais cet émoi en moi. J'ai gardé, bien entendu, tout ça pour moi. Je ne pouvais pas savoir ce que tu en aurais pensé. Je croyais bien, par instants voir quelque chose de plus que la curiosité ou la gentillesse ou l'amitié dans le regard que tu posais sur moi, mais je me disais que c'était ce que j'aurais voulu y voir. Je le voulais tellement que j'aurais pu me leurrer.

Je n'aurais jamais eu ton courage, je n'aurais jamais osé t'avouer tout ça en premier sans savoir comment tu le prendrais. J'ai réalisé, alors la puissance de tes sentiments. Je n'aurais jamais pu le faire, non plus, avec tant d'humour.

Lorsque nous nous sommes quittés, je me suis sentie à un tournant de ma vie, j'avais complètement perdu la boussole et je tournais comme une mouche prisonnière dans un bocal sans trouver le chemin à prendre pour trouver la sortie.

Lorsque j'ai lu ta lettre, immédiatement, j'ai retrouvé le nord. Le nord c'était toi. Le plus dur cependant restait à faire pour prendre la direction qu'il m'indiquait, prendre les bonnes décisions. Je ne suis pas une impulsive et comme tu l'as dit, je n'étais pas seule. Je devais me séparer de Gabriel. Il n'allait pas comprendre, je n'avais rien à lui reprocher et il n'allait pas vouloir croire que j'étais tombée amoureuse de toi au premier regard. Ce fut difficile, il m'aimait vraiment et je me sentais mal de lui infliger cette peine non méritée. Mais rien ne m'aurait retenue. Je ne voulais pas t'écrire tant que je n'aurais pas clarifié la situation avec lui.

Je ne sais pas si c'est une folie, je ne sais pas ce qui nous est arrivé, mais je pense qu'il serait bon d'explorer un peu plus avant ce sentiment qui nous pousse irrésistiblement l'un vers l'autre. Qu'en penses-tu ?

À présent que je t'ai écrit tout ça, je me sens si légère que je pourrais m'envoler. Je sens que lorsque nous allons nous revoir ce sera pour vivre quelque chose de grand, de fort. Je rêve souvent de toi et chaque fois c'est magique. Tu crois à la signification des rêves. Je n'y croyais pas, mais maintenant, je veux y croire.

Je t'attends.

Laure.

Nancy, juin 1993.

Laure,

Te dire ce qui s'est passé en moi en lisant ta lettre, j'en serais bien incapable. J'ai beau être un amoureux des mots, ils ne me viennent pas ou alors ils m'étouffent ; je ne les trouve jamais assez justes.

J'avais presque réussi à me convaincre que mon amour pour toi resterait à jamais enfoui quelque part en moi. Et voilà que tu me donnes la possibilité de le mettre à tes pieds. Ne ris pas si tu me trouves un peu pompeux. C'est que je vois cet amour comme une offrande qui se trouverait acceptée. C'est miraculeux ! (Zut, je continue !) Que s'est-il réellement passé dans ce bar du Cours Mirabeau ? Un coup de foudre, réciproque, mais j'ai l'impression prégnante qu'il y avait quelque chose de plus. Je dirais quelque chose de surnaturel. Ne me prends pas pour un fou, je suis l'être le plus rationnel qui existe, je n'ai aucun sens religieux ou mystique et je me suis toujours moqué de ceux qui prétendaient avoir « un don ». Je me suis pris en défaut.

À mon retour d'Aix, j'ai passé beaucoup de temps à réfléchir. J'ai essayé, en vain, d'analyser ce qui m'arrivait. J'ai connu quelques filles, des flirts de lycée, des flirts plus poussés, puis aboutis qui m'ont donné beaucoup de plaisir. Je ne parvenais jamais à m'impliquer vraiment dans un long parcours. J'avais tellement entendu dire que j'étais très mûr pour mon âge, mais dans le domaine sentimental, j'étais plutôt comme un gamin dans un magasin de jouets qui court de l'un à l'autre sans jamais se décider. Tous lui plaisent, mais il ne trouve pas « le » jouet. Et voilà qu'en me torturant les méninges, en convoquant ton image jour après jour, je suis arrivé à la conclusion que, pour moi, tu étais « la » femme. Je n'en voyais plus d'autres. Les plus jolies, je les trouvais laides, les plus intelligentes, je les trouvais bêtes. Tu étais celle que je voulais, plus de doute. Ce n'était pas un choix, mais une évidence. Le choix c'est entre une chose ou une autre, là il n'y avait plus d'autres. Je ne sais pas si tu comprends ce que je veux dire. J'ai l'impression de jeter tous ces mots sur le papier comme ils viennent et ce n'est pas très ordonné.

C'est comme si la force qui me poussait vers toi, je ne pouvais rien faire pour la contrer. Elle ne venait pas de moi, de mon cerveau ni même de mon corps, mais d'une puissance que je sentais extérieure à moi. C'était à la fois inéluctable et excitant. Troublant aussi, car j'avais totalement perdu mon libre arbitre.

Comme je ne connaissais rien de tes sentiments, j'étais terrifié ? Comment allais-je bien pouvoir vivre avec ça ? Je me voyais déjà seul à vie avec ce vide total au fond de moi qui me faisait tant souffrir. Il me manquait une si grande partie de moi-même. Il n'y aurait jamais aucune femme auprès de moi si tu n'y étais pas. Voir sa vie sentimentale sombrer dans le néant quand on n'a que vingt ans, c'est effrayant. Je me suis un peu réconforté en me disant que ça ne pourrait pas durer que je trouverais bien une sorte d'instinct de survie. Je voulais y croire de toutes mes forces. J'aurais peut-être réussi à me convaincre quand j'ai reçu ta lettre. J'ai su alors immédiatement que je n'y serais pas parvenu.

Je pouvais me laisser aller sans remords à ce bonheur qui m'arrivait. Je ne pouvais même pas y croire. Allons-y donc pour cette force surnaturelle ! À présent, je n'essaie même pas de réfléchir ni même de penser. Je suis vaincu, mais si heureux de l'être. Bêtement, je ne pense plus qu'à une chose, te revoir et enfin t'embrasser.

Bertrand.

Aix-en-Provence, juin 1993

Mon amour,

Tu viens juste de me quitter après cette visite éclair, examens obligent. J'espère que ce week-end aixois ne t'aura pas trop perturbé. Je t'ai senti très troublé quand nous nous sommes dit au revoir. Malheureux, mais aussi épuisés, le manque de sommeil et le trop-plein d'émotions. Tu riais, tu pleurais et je n'étais pas mieux que toi. Ce que nous venions de vivre nous dépassait.

Nous n'avons pas eu beaucoup de temps pour parler. Nous étions bien trop occupés par nos vagues de désir réciproques. Tu parlais, dans ta dernière lettre, de cette force surnaturelle qui nous a poussés l'un vers l'autre, je pourrais même, si j'osais, l'un dans l'autre, je ne suis pas aussi pragmatique que toi, je suis croyante, pas pratiquante, je crois simplement en Dieu. Encore que, dans ce cas, je ne pense pas qu'il y soit pour grand-chose dans ce qui se passe entre nous.

Je vais te donner ma vision des choses, non pas celle d'une Madame Irma, mais celle que je ressens. J'entends par choses, ce sentiment si fort que nous ne pouvons pas y résister. Je suis persuadée qu'il a son origine dans celui de nos parents. Ils s'aimaient tellement que cet amour ne pouvait pas se perdre après leur fin. Il nous a seulement été transmis. Il avait été là avant que nous nous rencontrions, dans quelques cellules de notre corps. J'aurais pu avoir un pressentiment quand je t'ai proposé un lien frère-sœur. Je m'étais bien trompée, je croyais à un lien fraternel, mais c'était un lien amant-amante qui nous attendait. J'avais lu les lettres de ton père, tu avais lu celles de ma mère, nous avions reçu cet amour comme par perfusion.

J'ai craint un moment que nous n'étions tombés amoureux que de l'amour qu'ils se portaient, mais, pendant ces deux jours, il nous a été prouvé que ce n'était pas seulement cérébral. Nos corps aussi avaient été marqués. Et si nous n'étions là que pour faire perdurer ce qui a été interrompu par leur mort ? Ne me dis pas que c'est seulement ce que je voudrais croire. Je sens que c'est une vérité bien plus profonde.

Et cette ressemblance que nous avons tous les deux en commun avec eux ? N'est-ce qu'une coïncidence ? J'aurais pu avoir quelques traits de mon père et toi de ta mère. Il n'en est rien, nous sommes leur copie conforme. Ce n'est pas rare dans les familles, mais avec le coup de foudre qui nous est tombé sur la tête, c'est quand même beaucoup !

Il ne nous reste plus qu'à être dignes de cet étrange héritage. D'autant plus qu'il nous donnera certainement beaucoup de bonheur, il ne peut pas en être autrement.

Ne crois quand même pas que je suis amoureuse de toi uniquement parce que ma mère a aimé ton père. Je sais qu'il y a en moi une grande partie, je dirais même la plus grande partie qui réagit uniquement à ta personne. Je suis moi et pas elle et tu es toi et pas ton père. Nous pouvons vivre cette merveilleuse aventure rien que pour nous. Si c'est une mission à accomplir, nous ne pourrons pas l'interrompre, ce qui voudrait dire que nous sommes liés pour la vie.

Pour ma part, je suis partante. Nous nous connaissons depuis peu, mais au fond de moi, je connais tout de toi. C'est encore un coup de la force surnaturelle ! Je pars donc confiante. Es-tu prêt à faire avec moi le chemin qu'ils nous ont tracé ?

Je t'aime et je sais que c'est pour très, très longtemps.

Laure.

Nancy, juin 1993.

À celle qui m'a été donnée par qui ou quoi que ce soit, je dis oui, du fond du cœur.

Ma sœur, ma femme, mon amie, tu seras tout cela. Je n'ai, moi non plus, aucun doute. Tout est clair à présent.

Je sens qu'ils nous regardent où qu'ils soient et qu'ils en ont le souffle coupé. À moins qu'ils ne nous aient joué ce tour et qu'ils en rient. Quoi qu'il en soit, je pense qu'ils sont contents.

Qu'ils nous protègent et surtout qu'ils protègent notre amour.

Je t'aime, je t'ai aimé et je t'aimerai.

Bertrand.